常怡——著

故宮裡的大怪獸

｜升級版｜

MONSTERS IN THE FORBIDDEN CITY

洞光寶石的秘密

1

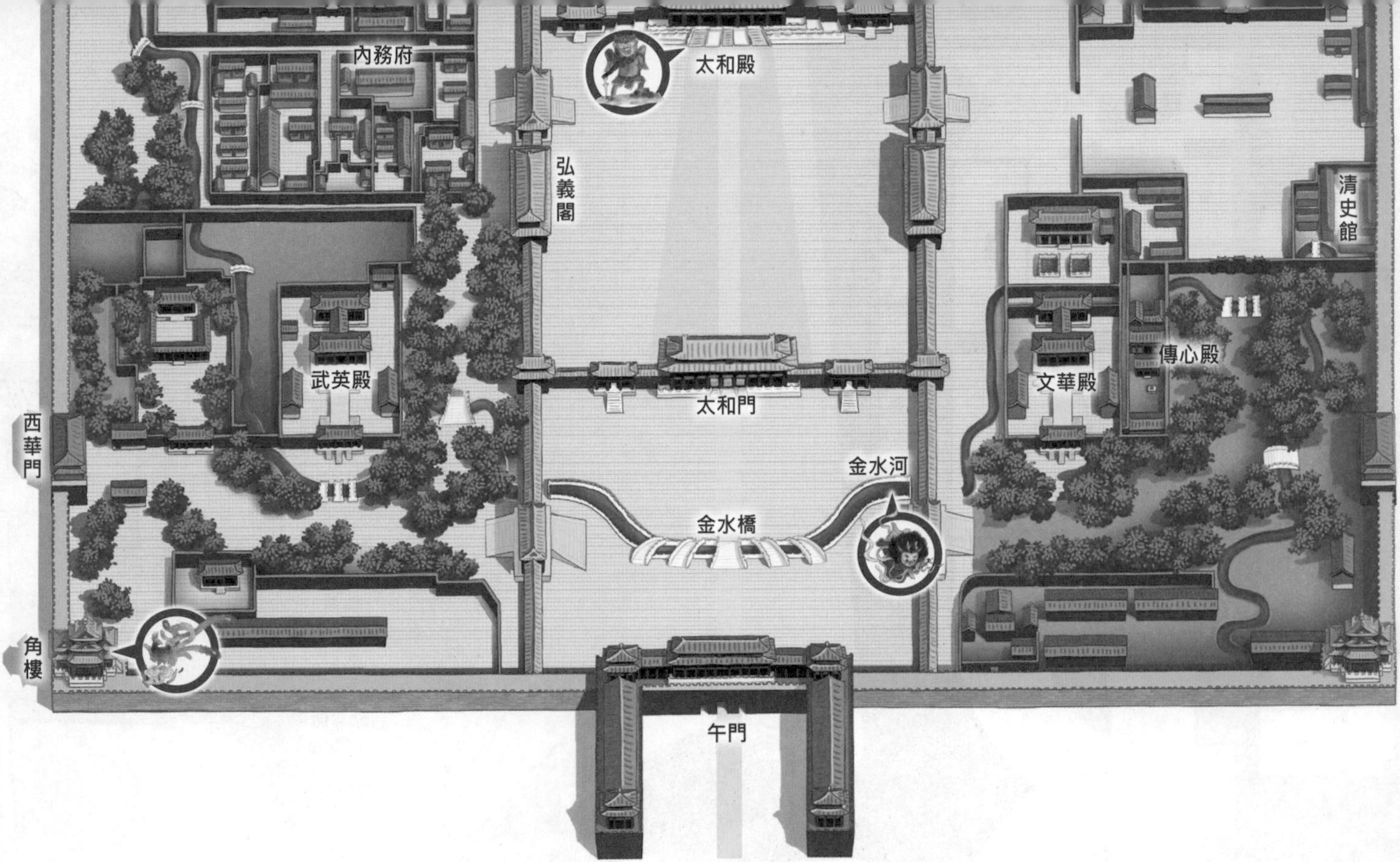

故宮怪獸地圖

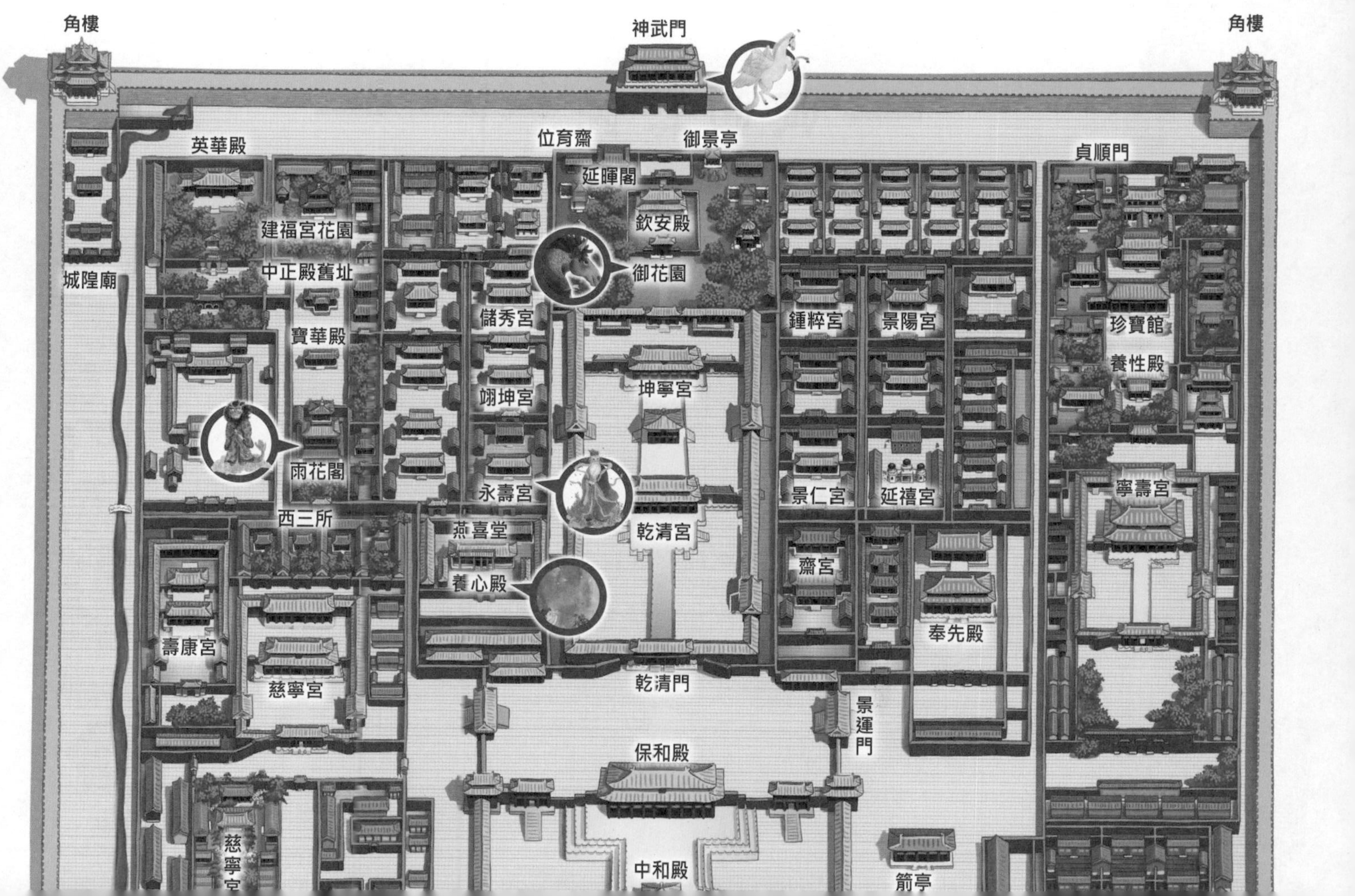
角樓
神武門
角樓
英華殿
位育齋
御景亭
貞順門
延暉閣
欽安殿
建福宮花園
中正殿舊址
御花園
城隍廟
儲秀宮
鍾粹宮
景陽宮
珍寶館
寶華殿
養性殿
坤寧宮
翊坤宮
雨花閣
永壽宮
景仁宮
延禧宮
寧壽宮
西三所
燕喜堂
乾清宮
齋宮
養心殿
壽康宮
奉先殿
慈寧宮
乾清門
景運門
保和殿
慈寧宮
中和殿
箭亭

角色檔案

李小雨

十一歲的女孩，上小學五年級。她每天都在故宮閒晃，還不用買門票，因為她媽媽是故宮的文物庫房保管員。一次奇特的經歷，讓她和故宮裡的怪獸們交上了朋友。

梨花

一隻漂亮的野貓，嘴特別饞，是李小雨最好的朋友。她是古代住在故宮裡的妃子們養的「宮貓」的後代，貴族血統。她也是故宮裡最暢銷的報紙《故宮怪獸談》的主編，是讓怪獸們頭痛的「貓仔」記者。

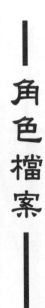

仙人

古代齊國的齊閔王，就是那個喜歡獨奏、讓濫竽充數的南郭先生丟了飯碗的國王。他因為驕傲，還相信奸細的話，而打了大敗仗。眼看就要被敵人追上時，一隻小鳳凰正好路過並救了他。故宮宮殿的屋脊上第一個騎鳳凰的雕像就是他，寓意逢凶化吉、絕處逢生。

鳳凰大人

中國古代傳說中的「百鳥之王」。故宮裡到處都是她美麗的畫像，她還是故宮裡鴿子們的保護神，住在故宮的角樓裡，喜歡看連續劇。

天馬

擁有駿馬的外形、白雪般的翅膀和鬃毛，古代神話中吉祥的化身，他是故宮裡跑得最快的怪獸，太和殿屋脊上排在第五位的怪獸就是他。他還是故宮裡「天馬出租車」的司機。

斗牛

故宮太和殿屋脊上的怪獸之一，傳說是可以消除災難的吉祥物，因為長得很像龍，被龍選為自己的祕書，只要是龍不想去做的事情，就會被交給斗牛，他是非常有愛心的怪獸，喜愛動物，最愛胖胖的熊貓。

吻獸

故宮宮殿正脊上的怪獸、龍最喜歡的兒子。擁有威武的龍頭和鯉魚的身體。變成人類的時候特別帥，是李小雨最愛的怪獸。

行什

故宮太和殿屋脊上排在最後一位的怪獸，他是傳說中的雷公，長著猴子的臉和鷹的腳，脾氣也如雷電般火爆。他一直懷疑自己是外星人，癡迷動畫影片，夢想看完所有的迪士尼動畫。

目錄

引子

你放學後會在哪裡玩？學校的操場上，還是公園裡？

那些地方就算再大，也不過一個足球場大吧？

你知道我放學後在哪裡玩嗎？

在世界上最大的宮殿裡，那裡有一百零一個標準足球場那麼大！

你肯定知道它的名字，它叫故宮。

你問我為什麼？

因為，我沒有別的地方可以去。

我叫李小雨，今年十一歲。我每天都在故宮裡閒逛，而且還不用買門票。

什麼？你說你也不用買門票，因為身高還沒到一百二十公分。

我不是因為這個原因啦！我已經有一百四十五公分那麼高了，我不用買門票的原因是，我媽媽是故宮裡的文物庫房保管員。

媽媽的工作非常忙，總是工作到很晚。於是，故宮就成為了我放學後唯一可以去的地方。雖然那裡沒有同學，沒有玩伴。但卻有兩百四十八隻野貓，九隻大狼狗，數不清的小刺蝟、小老鼠、鴿子、喜鵲和烏鴉。

東北角樓下的波斯貓小黃，珍寶館的白貓小藍眼兒，都是我的朋友。

媽媽說，這些貓都是以前住在故宮的妃子們養的「宮貓」的後代，很多都是貴族血統呢！

我最好的朋友是一隻叫梨花的野貓。她是一隻漂亮的白貓，嘴特別饞。我經常會用平時在故宮裡撿礦泉水瓶換的錢，給她買罐頭吃。

就是因為太饞了，總是亂吃東西，梨花最近得了口瘡。一放學，我就去藥店買了維生素片。可是我卻怎麼也找不到梨花了，她到底去哪裡了呢？

壹 怪獸們的聚會

梨花跑到哪裡去了呢？

我一隻手拿著貓罐頭，一隻手拿著給她治口瘡的藥，跑得滿頭大汗。

送走了最後一批遊客的故宮，安靜得能聽到風吹過宮牆的聲音。

這太奇怪了！梨花是絕不會錯過吃晚飯的時間。通常，距離晚飯還要一個小時的時候，她就一邊舔著爪子一邊蹲在飯盆前等了。

「梨花……梨花……」我著急地呼喊著她。

「喵……」我聽到了有點含混不清的叫聲，就在太和門後面不遠的地方。

這是梨花的聲音，故宮裡的貓只有她長了口

瘡，會發出這種聲音。

我迫不及待地跑向太和門，空曠的廣場上，卻連隻貓的影子都沒發現。

「喵……」

那聲音好像還要往前一些，我向著太和殿跑去。

天色漸漸暗了下來，太陽躲到了遠遠的西山後，雲彩失去了金邊。

可是就在這個時候，突然什麼東西在我眼前閃了一下。彷彿是從金色的宮殿屋頂上滾下來的一滴露珠似的，一個小小的寶石耳環飄落到昏暗的太和殿前的石階上。

我好奇地拾了起來，擱在手上，屏住呼吸，凝視著這個寶物。它在我的手心裡閃閃發光。我掂量它有多重。它應該不值錢，因為那塊寶石太小了，如果有十倍那麼大，那就值錢了。但這並不影響到它的漂亮，紫色的黃昏中，它像一顆星星一樣的閃亮。

是誰掉的呢？這麼漂亮的東西，是不是應該送到失物招領處去呢？雖然這樣想著，我卻悄悄把它戴到了自己的右耳朵上。

戴上了耳環的耳垂突然變得又重又熱，我不由得晃了一下頭，趕緊把耳環摘了下來。

一團白色的東西在太和殿前面閃了一下。沒錯！是貓的形狀。我把耳環塞進口袋裡，趕緊追了過去。

「梨花，過來！」我對著她大叫，空曠的太和殿廣場響著回聲。

我一邊喊著，一邊往前跑了幾步。可是，梨花卻逕自跑到太和殿後面去了。

這隻調皮的野貓！等我抓住她，一定要好好教訓她一下。

我腳步不停地追了過去。

剛剛繞過太和殿，我就看見黑暗的中和殿宮殿裡倏地一亮。宮殿裡有

人？我停住腳步。

沒有安裝電燈的中和殿裡，此刻正透出不可思議的白色亮光。那亮光，是月亮的反光呢？還是蠟燭泛出的微光呢？

奇怪的是，這光亮一點都不令人害怕。相反，我的心中竟然充滿了一種闖入未知世界的喜悅。這種心情，就像去年夏天第一次去迪士尼樂園時一樣。

我不顧一切地衝下太和殿的臺階，朝那片不可思議的亮光跑去。

透過宮殿的玻璃窗，我看見七、八個大怪獸正圍坐在地板上，他們的身上散發著亮眼的白光。

他們有的長得像巨大的獅子；有的長得有些像龍；有的腦門上長著一個尖尖的犄角；有的長得像猴子；還有的像長著翅

膀的白馬……

我沐浴著月光，站在高大的宮門前，怎麼也不肯相信這是真的。

更讓我感到納悶的是，這些怪獸為什麼看起來有點眼熟呢？

黑暗的天空中，有一顆星星閃爍了一下。就在這一剎那，我一下子明白過來，這些怪獸，不正和太和殿屋簷上琉璃瓦做的脊獸們一模一樣嗎？

記得那年太和殿大修的時候，還是媽媽幫著叔叔們一起把他們從屋頂上拆下來的。因為這些脊獸做得太漂亮了，所以每一個我都仔細看過，他們的模樣我是絕對不會弄錯的。

獅子、天馬、海馬、狎魚、狻猊（ㄙㄨㄢ ㄋㄧˊ）、獬豸（ㄒㄧㄝˋ ㄓˋ）、斗牛、行什……少了龍和鳳凰，還有領頭的仙人。

突然，那個叫斗牛的怪獸轉過頭來看向我這個方向，他長得真像動畫片裡的龍，不過個頭可不大，頭上長著水牛的角，而不是龍角。他眼神冷冷的，

也沒有龍那麼有威嚴，但是仍然把我嚇了一大跳。

我不自覺地往後退了幾步。他發現我了嗎？

「梨花，怎麼是妳？」斗牛滿臉不高興地說。

梨花？我環顧左右。果然，白色的光線中，一隻白貓不慌不忙地走向怪獸們。

「是我啊，各位，好久不見！喵。」梨花口齒不清地和怪獸們打著招呼。

天啊！我吃驚地捂住了嘴，我居然可以聽懂怪獸和梨花的對話了！明明在昨天，梨花的叫聲在我耳朵裡還只是「喵嗚……喵嗚……」的貓叫而已。

「妳嘴上的傷還沒好嗎？」天馬不太客氣地看著梨花。

恢復了怪獸模樣的天馬擁有雪白色的翅膀和鬃毛，比塑像可漂亮多了。

「啊，您說這個。」梨花用舌頭舔了舔流膿的嘴唇，「是啊，這麼熱的天氣，傷口可不大容易好。喵。」

「下次最好不要和天馬比賽跑步，他可是怪獸裡跑得最快的。」獅子也出聲了。說他是獅子，不如說巨獸更準確，他的腦袋都頂到房頂了，比一般的獅子大得多。

「這不是比賽，是他追我。」梨花委屈地說，「那樣子兇得嚇死人，我才一嘴撞到了石獅子上。喵。」

啊！原來梨花的嘴不是生了口瘡。

「如果妳下次再偷偷跟蹤我，還會是這個下場。」

天馬低下長長的脖子，兇巴巴地看著梨花。

「天馬翻垃圾桶，這可是個大新聞，我是不會錯過的！喵。」

梨花一挺肚子，不服輸地看著天馬。

「天啊，妳是說，下一期的《故宮怪獸談》裡會有天馬翻垃圾桶的新

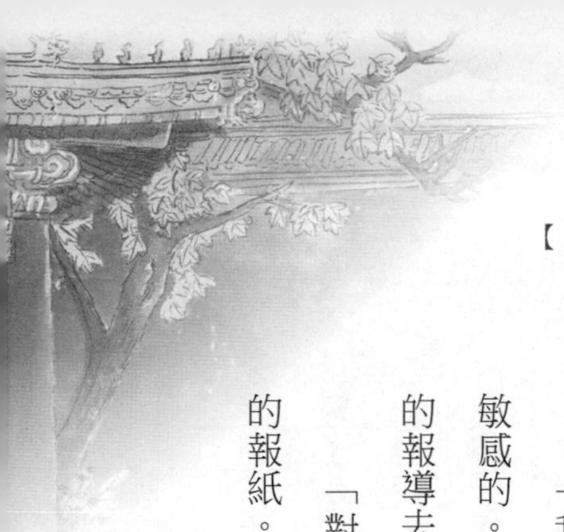

聞？」一旁的海馬大聲叫道。

怪獸裡就屬他和天馬長得最像，都是漂亮駿馬的外型。不過海馬是黑色的，沒有翅膀，身披魚鱗，上面都是海藍色的花紋。

「是的！」梨花驕傲地抬起頭，「歡迎各位訂閱下一期的《故宮怪獸談》，它可是故宮裡最棒的報紙喲！喵。」

《故宮怪獸談》？這是什麼報紙？名字聽起來還挺有趣的。我躲在宮門的後面，偷偷聽著他們的對話。

「我只是想看看垃圾桶裡面綠色的東西是什麼，你們都知道我對綠色很敏感的。」發現威脅沒有用，天馬的態度軟了下來。「能不能把那篇關於我的報導去掉？」

「對不起，不可以，《故宮怪獸談》可是因為報導事實才成為大家歡迎的報紙。而且，你的新聞一直很受鳥類們的歡迎。喵。」梨花一本正經地說。

「什麼事實？都是些亂七八糟的八卦！」天馬真生氣了，後背的翅膀都豎了起來。

我心裡一驚，真沒想到，平時看起來那麼乖巧的一隻貓咪，居然是可以與狗仔隊媲美的「貓仔隊」記者。

就在這時，天馬的眼神和我的眼神「啪」地相遇了。

「誰啊？」他問。

糟糕，被發現了！一瞬間，我一句話也說不出來，只是睜大了眼睛，喘著粗氣。

怪獸們都朝我的方向望過來，紅色的眼睛，藍色的眼睛，紫色的眼睛……

「誰啊？」

這回是獅子說話了，不愧為獅子，連聲音都是這麼的威嚴。我是徹底地張口結舌了。

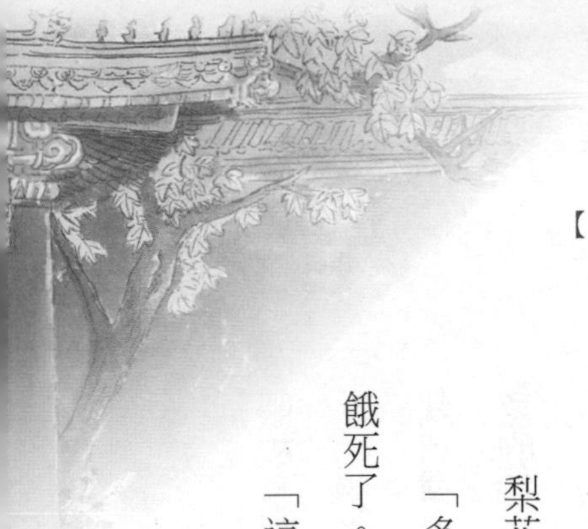

「我……我是來……找梨花的……」

聽到叫她的名字，梨花「嗖」地一下跑了過來。

「啊啊！是李小雨啊！」梨花開心地叫道，「哎呀呀，我怎麼把晚飯都忘了！真是的，一有大新聞就什麼都忘了……喵。」

「是梨花的朋友？」

怪獸們一下子放鬆下來。

「還以為闖進來的是什麼無知的人類呢……」

「是啊，要是被那種人看到，不知道又要出什麼麻煩。」

梨花溫順地在我的腿上蹭來蹭去。

「多虧了小雨每天餵我。如果只是憑著《故宮怪獸談》的收入，我早就餓死了。喵。」

「這個小姑娘我也見過。」一直沒說話的獬豸出聲了，「我經常看見她餵故宮裡的鴿子、貓、刺蝟，是個善良的姑娘。」

獬豸雖然長得有點可怕，但他可是出了名公正的怪獸，很久以前，人們就相信他的判斷一定是最公正的。所以，他這麼一說，其他的怪獸就都用善意的目光看我了。這讓我鬆了口氣，也不再那麼害怕了。

「不過，今天你們為什麼會聚在一起呢？平時，可都是單獨行動的啊！喵。」梨花帶著我回到怪獸們中間。

「是因為故宮裡出現了一個大家從沒見過的新怪獸。」獬豸說。

「新怪獸？喵。」不愧為八卦記者，梨花一下子就來了精神，耳朵都豎了起來。

「是啊，我昨天親眼看見的。是在傍晚的時候，故宮已經關門了，他突然出現在太和殿廣場上，是一個像大盤子一樣扁扁的怪獸，沒有腳，還能到處跑。」海馬緊張地說，看得出他嚇壞了。

「我也看到了，可能因為我站的位置最高，看得更清楚。」說話的是長得像猴子、眼睛卻大得嚇人的行什。

「他的眼睛是紅色的，一閃一閃的，還有兩條細細的鬍鬚，不停地動來動去。」

「可怕的是他什麼都吃。我親眼看見他把一個遊客丟下的塑膠袋吞進了肚子裡，簡直太恐怖了！」海馬接著說。

「塑膠袋？那種東西我可消化不了。」斗牛在一旁小聲嘀咕。

「是很可怕啊！」連以勇敢著稱的獅子都說。

「幾百年來我都沒見過這種怪獸。」行什說，「他的身體居然是紅色的，還閃閃發亮。」

「天啊，紅色的？」

「到底是什麼啊？」

「《山海經》裡會不會有記載啊？」

怪獸們七嘴八舌地議論著。

「既然大家都這麼好奇，明天傍晚的時候去問問他不就行了？」我忍不住說。

聽我這麼說，怪獸們一下子安靜了。

「話是這麼說，可是不到天黑的時候，我們是不能出來的啊！」獅子說。

「這樣啊，」我鼓了鼓勁，「那我明天去幫大家問問他好了。」

「這女孩子膽子真大。」海馬睜大了眼睛。

「是不是太危險了？萬一是很兇猛的怪獸……」獅子不放心地說。

「沒關係，我跑得很快。」

雖然心裡有點打鼓，但我還是決定替大家去看看是怎麼回事。

「我會和她一起去。喵。」梨花也跳了出來。

「有梨花這麼狡猾的貓陪著，就算有了危險也應該能跑掉。」天馬說。

「是啊，梨花在逃跑方面很有經驗。」行什也說著，「連以快著稱的天馬都不是他的對手。」

其他怪獸們也紛紛點頭。

「好！那就這麼決定了。喵。」

我和梨花從太和殿慢慢地走出來，天已經完全黑了，偌大的故宮裡，只有少數路燈還亮著。

「小雨居然能聽懂我的話，還真是意外啊！喵。」

梨花吃了我帶來的貓罐頭和維生素，一副心滿意足的模樣。

「我也很意外，會不會是因為我撿到了這個？」我掏出寶石耳環。

梨花把眼睛湊到耳環前：「這看起來還真不是尋常的耳環！妳看那塊寶石，能反射出七種顏色的光芒，好像有魔力呢！」

「會不會是怪獸們弄的？」

「他們怎麼會有女人用的東西？」梨花一個勁地搖頭。

「那會是誰弄的呢？」我陷入了沉思。

「等掉東西的人找來不就知道了。」梨花倒是一點都不擔心的樣子。

第二天一放學，我就以最快的速度跑到了故宮。

故宮的大門早就關閉了，我從工作人員通行的側門進到裡面。

「小雨，妳媽媽又加班啊？」看門的警衛叔叔和我可熟了。

「是啊！」

「聽說今天晚上食堂有四喜丸子。」

「啊！那太棒了！」

肥瘦相間的大肉丸子，我最喜歡吃了。不過，我現在可顧不上什麼四喜丸子，因為有重要任務。

我連跑帶跳地來到太和殿廣場，遠遠的就看見一隻白貓端坐在臺階上。梨花已經在那裡等我了。

「怪獸們說的，應該就是他吧？喵。」

我順著梨花的眼睛望過去。

一個大紅盤子一樣的東西正在太和殿廣場上迅速移動著。

他長得和怪獸們形容的差不多，飛碟樣的形狀，紅色的小燈在上面閃耀，下面還有黑色的刷子在不停掃動。

我一眼就認出來了，這不就是最近電視裡經常出現的智慧掃地機器人嘛！

前兩天就聽清潔阿姨們說，故宮要引進智慧掃地機器人了。這種機器人不但能清掃垃圾，還可以鑽到水缸、椅子下面去清掃平時不容易清理的地方，可方便了。

「原來只是個智慧掃地機器人啊……」我有些失望。

「嗯，這東西還真方便。」梨花倒是很感興趣，「說起來，人類還真聰明。喵。」

「真可惜，要是怪獸就好了。」

「喂，妳看，他過來了！喵。」梨花高興地大叫。

我無精打采地看過去，掃地機器人已經轉過來清掃我們旁邊的地面了。

「請讓開！」

等等！掃地機器人居然說話了！

「你……說什麼？」

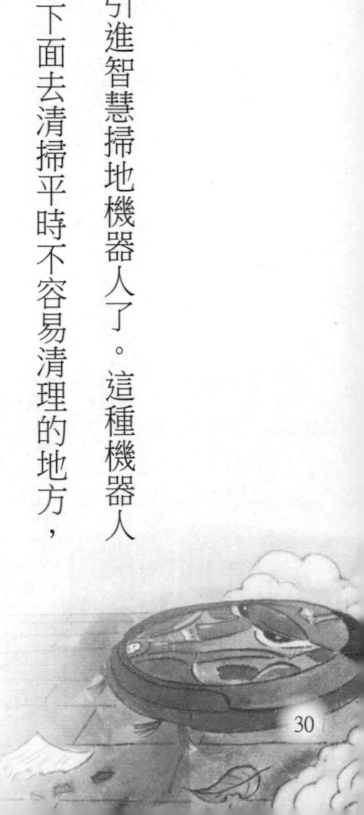

我瞪大了眼睛。

「請讓開，妳腳下有垃圾。」

掃地機器人重複著。

天啊！電視上可沒介紹他是有語音功能的機器人。

我跳到一邊，掃地機器人熟練地將我腳下的垃圾吸進了肚子裡。

「你叫什麼名字？喵。」梨花在一邊問。

一隻野貓居然在問一個機器人的名字，這真是太不可思議了。

「我叫地寶。」機器人回答，並和我說了聲「謝謝」，就去掃旁邊的地方。

「你們每一個都有名字嗎？」我忍不住跟上去。生產掃地機器人的工廠居然還會給他們取名字，這聽起來好奇怪。

「是的，我這種型號的機器人都叫地寶。」

不愧為智慧型機器人，可以這麼準確地回答問題。

「你們都有語音功能嗎？這些回答都是事先錄好的嗎？」

「不。我只是一個實驗品，由於工程師的馬虎，把我當作普通的無聲產品發貨到這裡了。」

「原來是這樣啊！」我點著頭，怪不得廣告裡沒有這個介紹。

「我要去工作了，謝謝！」地寶有禮貌地說。

「等等，還有人知道你會說話嗎？」我肚子裡還有很多問題。

「目前還只有您知道，因為我工作的時候很少會遇到您這樣的障礙物。」

障礙物？原來我在他的眼裡只是障礙物啊！

「如果工程師發現自己發錯產品了會怎樣？」我接著問。

「這個，用人類的話來說，我應該會死亡。」

「死亡？」

我的汗毛都豎了起來。

「其實對我們機器人來說，死亡並非一件恐怖的事情，我們稱之為『關機』。最後總還會有人重新啟動我們。」地寶說，「現在我可以去工作了嗎？」

「哦，當然。」

「晚上，我們會有一個不錯的聚會，你願意參加嗎？喵。」我身邊的梨花突然說話了。

「聚會？我還從沒被邀請過。是什麼樣的聚會呢？」地寶停了下來，頭上的紅燈閃來閃去。

梨花說：「不是人類的那種聚會，是一些有趣的怪獸聚在一起。他們對你都很好奇。喵。」

「我很榮幸。」地寶回答，「如果那個時間我的主人沒給我新的指令的話，我很願意參加。」

「太好了，就在太和殿後面的中和殿，你知道吧！喵。」

「是的。那裡也是我負責清掃的區域。」

我很幸運，今天晚上媽媽又要加班到很晚。所以剛在食堂吃完好吃的四喜丸子，我就跑到了中和殿。

黑暗的夜幕下，怪獸們已經準時聚在了那裡，當然少不了野貓梨花。

「《故宮怪獸談》下期的頭條新聞已經有了。」她正在那裡和怪獸們吹噓著，「那傢伙，真是個有意思的傢伙。喵。」

就在這時候，地寶滑了進來。

「晚上好！」他和所有怪獸打招呼，機器外殼上的紅燈不停地閃耀，一

副很高興的樣子。

海馬看見他，一下子躲到了天馬身後。

「歡迎你！喵。」梨花提高聲音對大家說，「這就是我和你們說的地寶機器人。」

「原來只是個機器人，為什麼人類要把機器人做得和怪獸一樣。」斗牛嘴裡嘟囔著。

「對不起，我的工程師認為，這種設計不但有利於我的工作，而且也很前衛。」

「你別誤會，地寶。」天馬說，「斗牛說你和怪獸一樣是在稱讚你，因為我們本來就是怪獸。」

「謝謝！」地寶很有禮貌。

「你只會掃地嗎？」海馬從天馬身後露出頭。

「是的。」

「會噴火或者噴水嗎？」狻猊問。

「那應該是烹調或者消防機器人。」

「會飛嗎？」天馬問。

「探勘機器人才會飛。」

「會打雷嗎？」行什問。

「您是說音響機器人麼？」

「那些垃圾在你肚子裡能消化嗎？」獅子問。

「不，我會把它們自動清理到垃圾桶。」

「那你吃什麼？」

「我是依靠電力的，我的體內有蓄電池，另外還有兩個備用電池。」

「你說得對，這傢伙真有趣。」獬豸小聲對身邊的梨花說。

梨花得意地擺了擺尾巴。

「你能活多久？」斗牛突然問。

「您是說我的使用壽命嗎？理論是二十年，不過我的同類一般在五年左右就會被拋棄。」

「拋棄？」

「是的，因為五年後就會有新的產品出現，人類就會選擇更換我們。」

「那你會去哪裡？」

「這不好說，也許是二手市場，換一個新主人。也許會被回收。」

「只有五年的壽命，可真可憐。」

「那也就是一瞬間而已啊！」

怪獸們都開始同情起地寶來，要知道，他們之中最年輕的也有幾百歲了。

夜漸漸深了，天空上掛著黃桃一樣的月亮。

再不回去媽媽要著急了，我和怪獸們告別，地寶決定和我一起離開。

「希望你還能參加我們的聚會。」獅子說。

「我也很希望，但是可能沒有機會了。」地寶說，「我的工程師已經發現了自己的錯誤，並通知了故宮。明天他應該就會來這裡把我取走，然後糾正錯誤。」

「糾正錯誤，什麼意思？」我問。

「應該就是把我徹底關掉，並抹去記憶。」

「也就是要殺死你嗎？」我一下子捂住嘴。

「請別激動。」地寶用紅色的小燈，安慰我說：「死亡對人來說是最嚴重的傷害，但對機器人來說，只不過是在倉庫裡短暫休息一下而已。再見，各位，認識你們深感榮幸。」

第二天放學的時候，我正要走進故宮的側門，就看見一個穿著黑衣服的

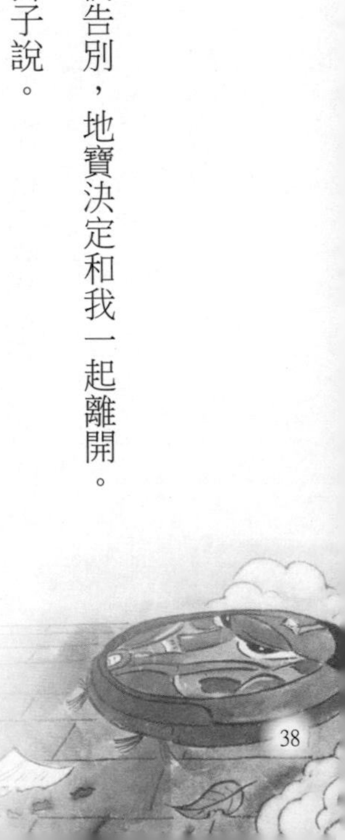

男人恰巧走了出來。他懷裡抱著的，正是斷了電的地寶。

貳

和仙人吃晚餐

「小雨，小雨……」

媽媽的聲音遠遠地飄過來。

正是吃晚飯的時間，這時候我本來應該坐在故宮東華門的食堂裡啃著糖醋排骨。可是現在，我卻垂頭喪氣地躲在永壽宮的海棠樹下，一動也不願意動。

都是因為它，我晃了晃手裡的考試卷，那個刺眼的分數一下子又跳進了我的眼睛。

真糟糕啊……

雖然我的成績一直不太好，但也沒考得這麼差過。

這樣的分數怎麼好意思給媽媽看呢？真是拿不出手。

一陣溫暖的風吹過，開滿海棠花的枝頭隨風抖動，帶著香味的花瓣飄到我頭上，可是我還是忍不住傷心。

我摸出那個漂亮的寶石耳環，自從撿到它以後，我就一直把它帶在身邊。

因為怕不小心弄丟了，我還特意用紅繩繫起來，把它掛在脖子上。耳環上的寶石在陽光下散發出七彩的光芒，野貓梨花說得一點都沒錯，它和我見過的所有寶石都不一樣。

你可能會以為我吹牛，我這種年紀又能見過多少寶石？那你就小看我了，我家樓下就有一家寶石店，裡面什麼樣的寶石都有，我經常會趴在玻璃窗上看個夠。

這時我的肚子發出「咕嚕嚕」的聲音。今天食堂裡有糖醋排骨，我可愛吃糖醋排骨了，又甜又香，配上白白的大米飯，我能吃上一大碗。可是偏偏今天考了這樣的成績，真是越想越傷心。

我正在嘆氣，卻聽到耳邊傳來了奇怪的聲音。

「嘶……嘶……」

不知從什麼地方，傳來了油鍋裡炸東西的聲音。好香啊！我猛地吸了幾

下鼻子，香味越來越濃，我忍不住吞了吞口水。

故宮的食堂在東華門，香味絕對不可能是從那麼遠的地方飄過來的。到底是誰膽子這麼大，敢在故宮裡面做飯？要知道，故宮的宮殿都是木頭搭建的，最怕的就是火。平時的話，別說開火做飯，連香菸都不准點。媽媽給我取名字，都特意選了「雨」這個字。

「我們小雨啊，是帶著水來的。」她經常和她的同事說。

這麼怕火的宮殿裡，怎麼會有人做飯呢？我從海棠樹下鑽出來。

天已經黑了，黃色的琉璃瓦反射著月亮柔和的光芒，我向發出聲音的方向跑去。

在永壽宮的後院，有一個穿著黃色長袍的男人正圍著火堆忙碌著。黑漆漆的夜晚，故宮裡突然冒出這麼一個人，我的背後不禁冒出一股寒氣。

火越燒越旺，不時有小火星濺出來。我心裡急得要命，這可不行，會很容易就把房子燒著的。

「喂！你是誰？不知道這裡不能點火嗎？」我躲在一根柱子後面，扯著脖子大喊。

那個男人好像比我還膽小。聽我這麼一喊，就「嗖」的一下躲到了一團黑乎乎的東西後面。半天都不敢出來。

難道是鬼？

我壯著膽子從立柱後面走出來。媽媽說過，鬼怪這種東西，最怕小孩子了，不知道是不是真的？

我小心翼翼地走過去，發現那個男人居然躲在一隻大鳥的後面。這隻鳥個頭可真不小，有一頭牛那麼大。天色太暗，我看不清他的模樣。不過，這裡怎麼會有一隻鳥？難道是準備用來烤著吃的？

就在這時，那個男人也偷偷地從大鳥身後探出頭來。他長著長長的鬍鬚，

頭上戴著一頂掛著珠簾的帽子。

藉著火光，我一眼就認了出來。他不就是屋簷上的仙人嗎？

沒錯，就是他，太和殿屋簷上排在所有怪獸前面的仙人。在故宮裡，只要抬頭望望宮殿的屋簷，第一眼總會看到他。他前面的那隻鳥，肯定就是他一直騎著的小鳳凰了。

「仙人，你怎麼在這裡？」我奇怪地問。

「妳認識我？妳是誰？」他的聲音從小鳳凰後面飄出來。

「我是李小雨，是梨花的朋友。」

「啊，是李小雨啊！」

仙人這才露出頭來。

「我聽獅子、行什他們提起過妳。」

「怪獸們提起過我？真沒想到。」我有點得意，「這裡只有你一個人嗎？你在這裡幹嘛？」

他重新端起架子，背著手從小鳳凰的身後走了出來。

「寡人在用膳。」

「用……膳？」我撓撓腦袋。

「就是進食，吃飯，吃飯妳懂吧？」

「啊！你在吃晚飯啊！」我笑著說，「吃飯就說吃飯，幹嘛用那麼奇怪的詞？」

仙人一邊搖著頭，一邊重新坐到火堆旁邊，把鍋裡的東西盛出來。哇！

是熱呼呼的炸蝦麵！冒著滾滾熱氣的麵條上，放著大得不得了的炸蝦，看起來就讓人流口水。

「這裡不能點火吧？」嘴裡雖然這樣說，我卻目不轉睛地盯著炸蝦麵。

「這不是普通的柴火，這是三味真火，神仙才能用的火，不會引起火災的。」仙人得意地說。

「是這樣啊。」我還是忍不住盯著他碗裡的炸蝦麵，看起來真好吃啊！

「如果妳還沒有進食，就和寡人一起用膳吧！」仙人終於開口了。

「太棒了！」

我把麵條盛進碗裡，和仙人一起呼呼地吃著，真香啊！麵條又粗又有嚼勁，大蝦的味道和以前吃過的都不一樣，味道濃郁，還有股清香味，就別提有多好吃了！

「這炸蝦麵可真好吃！」

「這不是炸蝦，是炸香椿魚。」

「香椿魚？」

香椿我是吃過的。這個季節，奶奶做炸醬麵的時候，最後都會放上一把香椿。不過，香椿魚是什麼東西呢？吃香椿的魚嗎？

「是用最鮮嫩的香椿，裹上麵粉和雞蛋炸製而成的餐食。」仙人把碗往地上一擱，一邊捋著鬍子一邊說，「當年在我大齊國，一到這個季節，都要吃香椿魚，也叫『咬春』。」

大齊國？電影《我愛鍾無豔》裡那個齊國嗎？張柏芝演的狐狸精可真漂亮啊！不過，那好像是兩千年以前的事情了吧？

「仙人曾經是齊國人嗎？」我放下空碗。

「寡人可是齊國最偉大的國王齊閔王！」

仙人一下挺起了肚子，眼睛閃閃發亮。

齊閔王，我努力回憶著。啊，就是那個喜歡獨奏、讓濫竽充數的南郭先生丟了飯碗的齊閔王啊！課本裡說，他是個驕傲的國王，因為驕傲，還相信奸細的話，所以打了敗仗。

「既然是國王，怎麼會成了仙人呢？」

仙人嘆了一口氣：「想當年，我進攻秦國、燕國，吞併宋國，讓齊國成為了最強大的國家，多威風啊！都怪蘇秦那個奸人！我那麼信賴他，他打了敗仗，我都原諒他。可是，他卻聯合燕國來騙我！讓我家破人亡。」

說到這裡，仙人突然「騰」地一下站了起來，聲音也變了。他一把拔出腰裡的寶劍，生氣地在空中胡亂揮舞。

「蘇秦！蘇秦！你就是變成煙，我也饒不了你！」

我被眼前的場面嚇壞了，明明剛才還威風凜凜的仙人，怎麼現在眼睛都紅了呢？

我慢慢往後退，想找機會溜走。可是剛後退了兩步，我的小腿就踢到了一個軟綿綿的毛球，差點被絆得摔跟頭。

「啊！」我嚇了一跳。

「好痛。喵……」

原來是野貓梨花，她什麼時候來的？

「梨花？妳怎麼來了？」

「《故宮怪獸談》又缺新聞了，聽到這邊挺熱鬧，就來看看。喵。」梨花慢悠悠地說。

不愧為故宮的「貓仔」記者，來得真快啊！

「仙人這是怎麼了？」我坐到梨花身邊，抱著膝蓋，和她一起看著亂揮寶劍的仙人。

「沒什麼奇怪的，每次提到蘇秦這個名字，或者聽到和這個名字相似的

發音，蘇晴、書琴什麼的，他都會變成這個樣子。」梨花一邊慢悠悠地舔著爪子，一邊說，「過一會兒就好了。喵。」

聽了梨花的話，我鬆了一口氣。

「但是齊閔王到底是怎麼變成仙人的呢？」

「他聽了蘇秦的話，打了敗仗，逃出齊國。但因為他總是不分場合的耍酷，所有的國家都不願意收留他。眼看著就要被敵人追上的時候，小鳳凰正好路過，救了齊閔王。後來，古人的屋簷上都會放他騎鳳凰的塑像，寓意逢凶化吉、絕處逢生。而騎鳳凰的齊閔王，也就被人們稱為仙人了。喵。」

我很佩服地望著梨花。怪不得大家都說梨花是故宮裡最有名的貓記者，她還真是什麼事情都知道。

和梨花說的一樣，沒過多久，打累了的仙人就把寶劍收回到劍套裡。他一屁股坐到火堆邊，大口喘著粗氣。

「休息一會兒，休息一會兒，喵。」梨花說。

「梨花也來了。最近有什麼新聞嗎？」仙人恢復了平靜。

「聽說你想和行什交換位置？喵。」

行什是太和殿屋簷上排在最後面的怪獸。前天怪獸們的聚會時，我也見過他，他長得有點像帶翅膀的孫悟空，也有點像鳥。

「要和行什交換位置？為什麼呢？」我好奇地問。

排在第一個多好啊！人們第一眼就能看到你，多風光！無論是學校運動會站隊形的時候，還是元旦晚會表演節目的時候，站在第一個都是很光榮的事情。仙人居然想和排在最後面的行什交換位置，真是讓我想不明白。

「哎，」仙人低下頭，重重地嘆了口氣。「第一個有什麼好？我每天都擔心自己會從屋簷上掉下去。那麼高的屋簷，要是掉下去，肯定會被摔個粉碎。還是排在第十個最好，安全，中午的時候還可以偷懶睡個午覺。」

梨花在旁邊不停地點頭。

「但是行什願意換嗎?喵。」

「別提了。」

仙人揮一揮手，眼前的火堆就像被風吹過的蠟燭一樣，「噗」地熄滅了。地面上什麼都沒留下，連燒黑的印記都沒有。三昧真火還真是很特別的火。

「和他說過好幾次，他都以各種理由推脫。什麼怕高啊，排在第一位打傘不好看什麼的。總之就是不想換。」

「打傘?行什明明沒有打傘啊!」

我記得很清楚，行什的手裡只有一支金剛杵。

「晴天當然不會打傘，但是下雨的時候就會打。行什可是負責雷雨的雷神呢!喵。」梨花在一旁說。

雷神，聽起來可真神氣。下次下雨的時候，我一定要來太和殿看看行什打傘的時候是什麼樣子。

「上次我好不容易放下架子，又和行什提起交換位置的事情。沒想到他對我不理不睬的。那次我真的生氣了，可是他的脾氣居然更大，一發起脾氣來，天就又打雷又下雨的。」仙人接著說。

「行什可是個脾氣暴躁的。」梨花在一旁附和，「然後呢？喵。」

「然後，仙人就躲到我的羽毛裡，一直等到雷雨過去。」還沒等仙人說話，一個細細的聲音便傳了過來。

這是誰？我們一起轉頭看去，原來是仙人騎的小鳳凰突然說話了。

「這是真的嗎？喵。」

梨花來勁了，眼睛閃閃發亮，一副逮到大新聞的模樣。

「怎麼可能？」仙人的臉比剛才的三昧真火還要紅。「我可是堂堂的齊閔王，統率大軍四處征戰的齊國國王，怎麼會怕打雷？」

「明明膽子很小，聽到大點的聲音都會躲到我身後……」

「你不要以為救了我，就可以胡說！」

「我沒有胡說啊！」

「……」

就在他們吵得正激烈的時候，梨花用爪子拍了拍我，輕輕地說：「妳是不是該回家了？喵。」

梨花打了一個大大的哈欠。

我抬頭看看夜空，月亮已經升得老高。是該去找媽媽了，她一定很著急。雖然考了拿不出手的成績，但她應該會原諒我吧？連仙人都說，排在最後也不錯呢！

於是我和梨花悄悄地離開永壽宮。

春天柔和的風從殿堂中間穿過，發出哨子一樣的聲音。走了一會兒，風

聲又變了。

「嗚……嗚……」

這風聲聽起來彷彿有誰在遠處的黑暗中演奏著樂曲。不，應該就是有人在演奏吧！

「這是……」

我停下腳步，仔細分辨著聲音。

梨花抬起頭，也豎起耳朵仔細聽。

「這是仙人在吹竽啊！喵。」

這就是吹竽的聲音嗎？清涼得不可思議的聲音，讓人如同吞下了一口涼爽的風，舒服極了。

「真好聽啊！」我忍不住說。

怎能吹出這麼好聽的聲音呢？以後再碰到仙人，我一定要和他學一學。

叁

角樓上的鳳凰大人

真是個晴朗的下午。

我一個人在故宮裡晃來晃去。

今天是星期六，本來是媽媽要帶我去摘櫻桃的日子，但是因為有特別著急的工作，她只能又把我帶到了故宮裡。

星期六的故宮人真多啊！連野貓和烏鴉們都藏了起來。

「不要去遊客多的地方。」媽媽囑咐。

我才不會呢！

我一點都不喜歡在遊客中間擠來擠去。我去的都是遊客們去不了的地方。

我繞到慈寧宮，這裡的大門用大銅鎖鎖著。這可難不倒我，拐了一個彎，我就到了慈寧宮花園的後門。

這是個特別不起眼的小門，因為在遊客不能進入的區域，所以很少會有人從這裡經過。

窄窄的紅漆木門，只有打掃院子的人才會偶爾出入。

我輕輕地推開門，突然覺得天空特別耀眼，就像是被擦亮的藍玻璃。連琉璃瓦和紅牆上都映上了淡藍色。

「咦？」我呆住了，眨了兩下眼睛。

花園裡不是我見慣了的亭子、假山，而是成片的松柏和梧桐樹，樹下面是一整片綠油油的三葉草。

我屏住呼吸。

自己究竟在什麼地方？怎麼沒有一點慈寧宮花園的樣子？難道走錯路了嗎？

我從很小的時候起就在故宮裡跑來跑去，摘桃花，偷柿子，逗野貓。這裡的每個角落我都跑遍了，怎麼不記得有這樣的樹林呢？

「還是馬上離開吧！」我心裡想，「去問問看宮門的爺爺這是哪裡。」他在這裡看了四十年宮門了，一定知道。

但是，樹林裡好涼爽，三葉草把地面幾乎鋪滿了，厚厚的，坐起來一定很舒服。

休息一會兒吧！

我一屁股坐下來，剛才跑了那麼久，還真是累了。我撿起一片梧桐樹葉，當扇子搧著風。不知不覺已經是黃昏了。

忽然，眼前有白色的東西一閃，緊接著又飛上了樹梢。我「呼」地站了起來。那是一隻白色的鳥，在夕陽映紅了的梧桐樹枝上閃著亮光。

是鴿子嗎？我瞇著眼睛望過去。

還沒等我看清楚，「撲稜撲稜」，不知道從哪裡又飛來了幾隻大鳥。從模樣上看，他們應該就是鴿子，但是為什麼沒有一隻是我認識的呢？

不是吹牛，貓、狗、刺蝟、烏鴉、鴿子……故宮裡的小動物沒有我不認識的。故宮裡的每隻鴿子都是有名字的，伯爵、黑頂、小二哥……這些名字中有一半是我取的。

可是，眼前的這些鴿子，我卻一隻都不認識。他們是從哪兒來的呢？

太陽落山前，樹梢上已經站滿了鴿子，像是綠葉間一簇簇白顏色的花。

在太陽的最後一道光亮消失之前，一隻大鳥飛進了樹林。她的翅膀簡直像天鵝絨一般絢麗閃亮，讓人覺得只要稍稍碰一碰那羽毛，指尖就會被染上金色。

我心跳得厲害，繃緊了身上所有的神經。這不是鳳凰嗎？在故宮裡的房簷上、壁畫上、瓷器上無處不見的鳳凰，現在就活生生地在我眼前，輕盈地飛上樹梢，那麼大，那麼炫目。

就像是電影開場前的瞬間，偏偏這時候，天一下子黑了。

鳳凰呢？我抬頭尋找。

哇！剛才那些看起來普通的鴿子，此時卻一隻隻亮了起來，像是一個個鴿子燈籠，把樹林都照亮了。

同時，我又聽到了一些不可思議的聲音。

「天氣熱起來了。」

「聽說唐山在舉辦鴿子大賽。」

「怎麼會有咸豐皇帝舉辦的鴿子大賽好看？」

「我們這些品種應該已經都滅絕了……」

是鴿子們在聊天啊！

我坐在樹下面，看著那些樹梢上的鴿子。這樣一看，竟發現他們還真的與眾不同，都是些我沒見過的品種。

比如那隻黑色的鴿子，渾身的羽毛油黑油黑的，要是不仔細看，一定會把他認作烏鴉。還有那隻白鴿，頭頂上黑色的羽毛像戴著頂老虎帽，樣子真可愛。居然還有紫色斑紋的鴿子，像是披著紫色披肩的公主。

「合璧，好久沒看見你了。」是鳳凰在說話，她的聲音細細的，如同女高音一樣。

「是啊，已經習慣那個世界安靜的生活了。」一隻漂亮的白鴿子回答，他雪白的羽毛背後，有一條長長的黑線。

「鳳凰大人最近好像胖了呢？」

「正在煩惱這件事，每天都待在這裡，越待越胖。」

鳳凰唉聲嘆氣地嘟囔道：「還是你們那個世界好，永遠也不會發胖。」

「話是那麼說，但那個世界誰也不想去吧？」叫合璧的鴿子正說著，那隻戴老虎帽的鴿子就插了進來。

「鳳凰大人，聽說最近故宮裡有偷鴿子的賊？」

「是啊，那個小偷專門挑警衛午休的時候來，站在紅牆外面，用鴿哨把鴿子引了出去，然後拿網子一撲。」

「鳳凰大人也沒有辦法嗎？」

「我呀，不知道告訴鴿子們多少遍，紅牆外的聲音是假的，千萬不要相信。可是還是有鴿子禁不起誘惑飛出去。」鳳凰搖著頭，「後來，我也實在坐不住了，就好好教訓了他一下。」

「怎麼教訓的？」

「後來呢？」

「……」

發著光的鴿子們都圍到了鳳凰身邊。

「我讓怪獸嘲風變成鴿子飛了出去。那個小偷看到這麼大個的鴿子，高興極了。可是，小偷剛抓住他，嘲風就變回了自己的臉，這下可把小偷嚇壞了，鴿子、籠子、網子都不要了，尖叫著就跑了。」鳳凰不緊不慢地說。

「太和殿上的嘲風嗎？那模樣可夠嚇人的！」

「可不是嘛，長得比龍啊、獅子啊都兇，身上還有翅膀。我以前每次飛過太和殿看見他，都會被嚇一跳。」

「想想就覺得痛快！」

「那傢伙肯定再也不敢來偷鴿子了。」

「還是鳳凰大人有辦法……」

鴿子們爭相說著讚揚的話。

而靜悄悄坐在樹下的我，卻覺得無聊極了。

月亮已經升在空中，風湧來，搖動著樹梢，是該回去吃晚飯的時候了。

可是，怎麼離開呢？

鳥這種動物，對聲音是最敏感了。只要我動一動，樹上的鴿子們一定就

會發現我的。不過就是幾隻鴿子，應該不會拿我怎麼樣吧？

但是，我轉念一想，他們可不是普通的鴿子啊！他們都會發光呢！說不定，他們都是很久以前，在這裡死去的那些鴿子的靈魂。

這樣一想，我又把身體往樹影裡縮了縮，還是等他們離開比較好吧！

「最近啊，我看了一部特別好看的連續劇，是講清宮故事的。」

「鳳凰大人現在還是這樣喜歡看戲啊？」

「現在早就不看戲了，都看電視。我現在最喜歡看連續劇。」鳳凰得意地說。

緊接著，鳳凰居然開始給鴿子們講起《甄嬛傳》，鴿子們都聽得津津有味。

我已經開始在樹下打起瞌睡來了。今天跑了一天，實在是累了。而風中飄來的金桂花的香味也讓人昏昏欲睡。

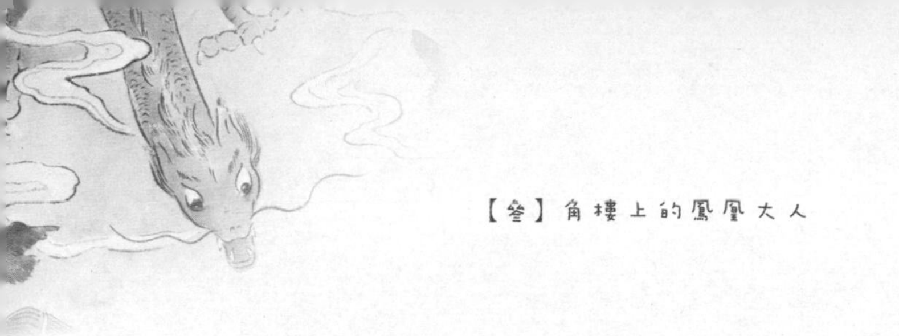

不知道睡了多久，突然，耳邊風琴一樣的風聲把我驚醒。剛才還溫柔得不得了的暖風，不知什麼時候變得兇猛起來，彷彿是披著黑斗篷的怪獸，齜牙咧嘴地撲過來，把樹枝搖得「嘎吱、嘎吱」響。

我頭頂上的鴿子們也被這聲音驚動了，他們拍動著翅膀，一眨眼的工夫，就全部從樹梢上飛舞躍起，排成一列，向墨藍色的天空中攀升而去。

夜色下，這條閃耀著白光的線，宛如一條螺旋狀的樓梯，一圈圈地旋轉著，被吸進黑暗裡不見了。

周圍一下子暗下來，黑漆漆的，伸手不見五指。剛才還溫暖舒適的樹林突然冰冷下來，彷彿變成了一個稀奇古怪的黑洞。細細地聽，會有「唰……唰……」的讓人毛骨悚然的聲音。

我猛地站起來，可是卻完全失去了方向。怎麼什麼都看不見了呢？剛才明晃晃的月亮不知道躲到哪裡去了。

這下糟了……以前，聽叔叔阿姨講的故宮鬼故事一下子都浮現在腦海。不會真的有鬼吧？我快要哭出來了。

「救命……」我扯著嗓子大喊。

這時候，不管誰聽見都好啊！

但這種地方，真的會有人經過嗎？

「唔……」風裡傳來了奇怪的回聲，如花腔女高音一樣高亢的聲音。

「誰？」我顧不了哭了，呆呆地站在那裡。

忽然，昏暗的樹林裡，一道晃眼的金光出現在我面前。是鳳凰，鳳凰大人！我驚訝得連呼吸都停止了，瞪圓了眼睛看著鳳凰。

鳳凰的眼睛，溫柔地眨了一下。啊！閃著藍色光芒的眼睛，讓我想起了奶奶的眼睛。

等回過神來，我已經氣喘吁吁地趴在鳳凰的背上，跟隨著她一起衝進墨

藍色的夜空裡。鳳凰的羽毛像光滑的絲綢一樣，冰著我的臉頰。我會不會因此被染成閃亮的金色呢？

光晃得有點炫目。到了亮著燈的故宮角樓，鳳凰把我放下，眼睛卻望著遠方。

我順著她的目光看過去，鴿子的光點像無數隻螢火蟲向上飛去。不知什麼時候，我們已經站在滿天星星下面，月亮也重新露出了臉龐。

「他們……那些鴿子消失了。」我說。

站在鳳凰旁邊，我的心怦怦地跳個不停。

「他們回到靈魂的世界去了，說穿了，他們不過是那些故宮裡死去的鴿子的靈魂啊！」鳳凰說。

果然是這樣。我點點頭。

「鳳凰大人，謝謝您救了我。」

「這個時間，小雨也應該去找妳媽媽了吧？」鳳凰轉頭看著我。

「您認識我？」這可太讓我意外了。

「怎麼會不認識，一個能聽懂動物和怪獸們語言的女孩，有一期的《故宮怪獸談》上，妳還是頭條新聞呢！」

《故宮怪獸談》？

野貓梨花把我也寫進去了嗎？

我開始擔心，梨花會不會把我撿到神奇耳環的事情也寫進去了，要是寫了，大概失主很快就會找到我。

如果失去了耳環，我就不能聽懂他們的話了，也就不會碰到這麼多有意思的事情了。儘管我知道它並不屬於我，但現在，我已經越來越怕失去它了。

時間不早了，我必須回媽媽的辦公室去了。

「那我回去了。下次見！鳳凰大人。」

我耷拉著腦袋和鳳凰告別，但很快又轉了回來。

「如果下次想見您，到哪裡能找到您呢？」

「來角樓找我吧！」鳳凰說，「等到太陽落下，故宮裡空無一人的時候，如果妳想見我，就來角樓吧！」

「您不在太和殿嗎？」

怪獸們不都喜歡太和殿嗎？

「誰會待在那種地方？建築呆板又沒有品味。角樓才是故宮裡最美的建築！」

「是這樣啊！」我點點頭。

和鳳凰告別以後，我順著角樓的樓梯往下走。路過警衛室的時候，開著的玻璃窗裡傳來電視機的聲音。現在是下班時間，警衛們正在看電視呢！

我從窗戶望過去，不禁大吃一驚。鳳凰大人，正趴在另一側的窗戶上一邊看電視，一邊擦眼淚。電視裡播放的不正是《甄嬛傳》嗎？可能是劇情太扣人心弦了，沒有一個警衛注意到窗戶上的鳳凰。

我明白了，角樓和太和殿比，除了美麗以外，對鳳凰大人來說最重要的應該是能看到電視吧！

我小跑著回到媽媽的辦公室。辦公室裡燈亮著，桌上放著飄著香味的飯菜，卻沒有一個人。媽媽應該還在倉庫忙著呢！

第二天是星期日，媽媽又把無處可去的我帶到了故宮。她說，今天故宮裡有一場特殊的展覽，展品就是在故宮書畫庫中沉睡了幾百年的宮廷畫家繪製的鴿譜。

我跟著遊客們一起走入展廳，只見泛黃的畫紙上一隻隻鴿子活靈活現。

啊！這不是我昨天晚上見到的那些鴿子嗎？合璧、老虎帽、鐵牛、雪花、四塊玉、勾眼灰、銅翅鳥、紫玉翅……原來，他們都有好聽的名字，都曾經

是皇帝最心愛的寵物。

肆

故宮怪獸談

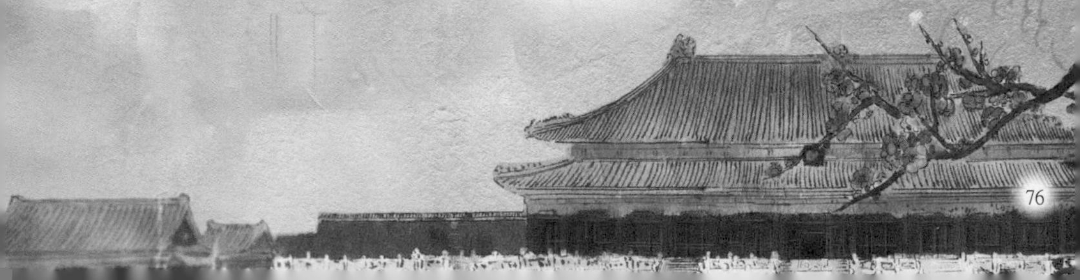

梨花說，有一天她看見一朵特別像鯨魚的雲彩，於是她決定辦一份報紙。

我問她，鯨魚和報紙到底有什麼關係？

她說，那時候她肚子餓得要命，哪怕有一條鯨魚在她面前，她也能一口吞下去。她當時只覺得辦報紙能賺點錢，讓她不至於天天餓肚子。

於是，一份叫《故宮怪獸談》的報紙，就這樣出現在故宮裡。

辦報紙倒也花不了什麼錢。紙張就是用遊客們丟棄的廢紙，上面的字都是梨花半夜溜進故宮院長辦公室，用那裡的印表機打上去的。內容都是故宮裡的怪獸和動物的花邊消息。

這樣一份報紙，梨花既是記者，也是主編和送報員。

這麼想來，一直被我認為又懶又饞的野貓梨花，其實還挺能幹的。

剛開始的時候，梨花還專門為自己在故宮旁邊的寵物店，訂製了一件西裝裙。但當她穿著這件西裝裙去採訪龍的時候，卻被龍嘲笑了很久。

「她這個樣子更像是保險推銷員，而不是記者。」龍一邊打著哈欠，一邊說，「她該給自己訂件背心，有很多口袋的那種。」

「那樣的裝扮是不是太隨便了？喵。」

「現在的記者不都是那個樣子嗎？」

龍是故宮裡獨一無二的首領，所有的怪獸和動物們都像尊敬皇帝一樣地尊敬他。梨花也不敢得罪他，只能在一旁乖乖點頭。

不過好在那天的採訪還順利。龍談了很多有趣的故事，還透露了自己最喜歡的兒子其實是吻獸。

第一份報紙做出來的時候，梨花激動得都流眼淚了。那是用房屋仲介宣傳單背面印出來的報紙，之前一個房屋仲介人員在故宮門口發宣傳單，結果一天遊覽結束的時候，故宮裡到處都扔著這種宣傳單。

報紙的最上面是一張龍的側面照片，這是梨花用在御花園撿來的一臺數位相機拍的。那是臺小巧的相機，像玩具那麼大。被遊客掉在了御花園的花叢裡，是一隻刺蝟先發現了它，後來被梨花用一盒貓罐頭給換了過來。

報紙是彩色的，因為院長辦公室裡的印表機是彩色印表機。字有點小，但是這對故宮裡的怪獸和動物們來說不是什麼問題。

因為《故宮怪獸談》第一期出現了龍的報導，故宮裡的怪獸和動物們都不敢小看這份報紙了。只是龍的另外八個兒子卻因為爭風吃醋，把吻獸揍了一頓。

開始有動物訂閱這份報紙了。他們有的花錢訂閱——在故宮裡動物們經常會撿到遊客掉落的零錢，尤其是貓和鴿子。有的則是用少量的食物換，當然，貓糧和貓罐頭是最受梨花歡迎的，狗糧、玉米粒、小蟲子之類的，梨花也會接受。

怪獸們都是免費閱讀的，因為他們的新聞在動物裡特別受歡迎，梨花希望這樣能拉近和怪獸們的關係，讓他們願意接受自己的採訪。

可能是訂價訂得太低了——有的時候，一塊貓餅乾就能換半年的報紙。雖然《故宮怪獸談》的客戶越來越多，可是梨花還是吃不飽。但是，梨花卻已經愛上了辦報紙這份工作，她一邊吃著我為她提供的貓糧和貓罐頭，一邊更加努力地尋找新聞。甚至，開始計畫出鳥語版和貓語版的《故宮怪獸談》。

「幹這行總能碰到特別有意思的事情，或者採訪對象。」梨花滿足地說，「所以，一做起來就怎麼也停不下來了。再說，因為這份報紙，我也是故宮裡的名人了。沒有怪獸、動物不認識我的，連朝天吼這樣高傲的怪獸，都願意和我打招呼了。這麼一想，就充滿了幹勁。」

「那最有意思的採訪對象是誰呢？霸下嗎？」我問。

故宮裡的怪獸就屬霸下長得最奇怪，龍不像龍，烏龜不像烏龜。

「是一個影子。喵。」

「影子？」我的後背感到一陣寒意，「是鬼嗎？」

「不是，就是一個影子而已。喵。」梨花說。

一個影子，這太奇怪了，故宮裡居然還有這種東西。什麼樣的影子呢？

梨花說，那是去年夏天的事情。可能是因為天氣太熱，怪獸和動物們都躲在涼快的地方，那期的《故宮怪獸談》怎麼也找不到有意思的新聞。

一天，北京下了很大的雷陣雨。梨花冒著雨跑了出去，因為雷雨的時候，閃電很容易會劈到宮殿屋簷上的吻獸，故宮就是因為吻獸的存在，而躲開了很多次閃電造成的火災。

這場雨的閃電特別猛烈。梨花想，如果能拍到吻獸被閃電劈到的照片，怪獸和動物們一定會愛看。可是她跑遍了故宮裡的宮殿，身上的毛都濕透了，也沒碰到一個吻獸被閃電劈到。正當她失望地在燕喜堂躲雨的時候，那個影

子就出現了。

那是一個長長的影子，頭上好像還戴著很重的裝飾，看樣子穿的衣服也不是現代人穿的。那應該是個穿著宮女服裝的女人的影子。

梨花的毛都豎起來了，這難道就是傳說中的鬼嗎？

「妳……妳是誰？喵。」梨花一邊警覺地往後退一邊問。

「我嗎？我是一個影子啊！」

那個影子居然會說話。

「妳不是鬼嗎？喵。」

在故宮裡生活了幾年，鬼故事梨花可是沒少聽。

「不是，鬼能到處跑。但我只能在這面牆上待著，所以我只是一個影子啊！」

聽她這麼說，梨花稍微放下心來。

「妳是誰的影子啊？喵。」梨花開始好奇了。

影子蹲下，和梨花面對面地說：「我是一個叫月雨的宮女的影子。兩百多年前，月雨也是在這樣一個雷雨的夜晚經過這裡，那時候剛好有一個閃電劈中了這面宮牆。因為宮牆裡含有一種叫四氧化鐵的成分，閃電就把月雨的影子用電能傳導下來，就像錄影機一樣地給錄了下來，這就是我啊！」

真沒想到，故宮的紅牆還有這種功能！梨花在心裡暗暗驚嘆。

「妳一個人待在宮牆裡，不孤單嗎？喵。」

「以前很孤單，但最近不會了。因為我戀愛了。」影子很開心地說。

「戀愛？難道愛上另一個影子了嗎？喵。」

「這面牆裡只有我一個影子啊！就算其他牆裡有我這樣的影子，我也看不到。」

是啊，梨花想，一個影子想碰到另一個影子，還真不容易呢！

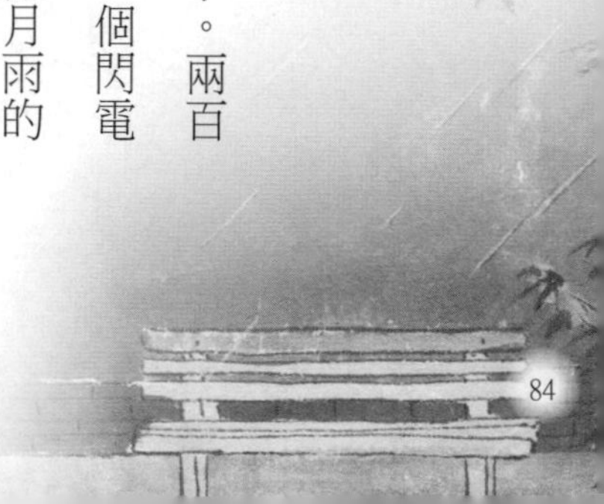

「那妳愛上誰了？喵。」

「是屋頂上的嘲風。」

「嘲風？喵。」

梨花忍不住向養心殿的屋頂上望去，擁有獅子的頭、鳳凰翅膀的嘲風，威風地站在雨裡。他可是擁有地震、海嘯、天炎力量的怪獸啊！

「妳怎麼會愛上嘲風呢？他一直高高地站在屋頂上，妳看都看不清呢！喵。」

「這是一個月以前的事情。那天下午，居然下了場太陽雨。」影子輕聲細氣地說，「雷雨交加的時候，我就會浮現在紅牆上。雖然那天是雷雨，太陽卻沒有被遮著，嘲風的影子也正好被陽光投射到這面紅牆上。」

雖然已經在這面紅牆上待了兩百多年，但是影子還從沒遇到過這種情況。因為，下雷雨的時候，即便是白天，太陽也會被厚厚的雨雲遮起來。沒

有了陽光，也就不會有新的影子。但是那天，偏偏出現了這種情況，嘲風的影子和影子都出現在紅牆上。

嘲風的影子可真神氣啊！影子頭一回看到鑲著陽光金邊的影子。她慢慢走過去，輕輕用手撫摸著嘲風的影子，心裡充滿了難以形容的感動。這是幾百年的時間裡，第一次有人陪她呢！

影子就這樣緊挨著嘲風的影子，嘲風的影子鼓鼓的，還帶著陽光的溫度，挨著他的時候溫暖極了。要是能永遠這樣挨著他就好了，影子心裡想。

「後來呢？雨停了嗎？喵。」

「雨雖然一直下，但是太陽沒多久就下山了。」影子嘆了口氣，「嘲風的影子也就消失了。但是我卻怎麼也忘不了他。即使消失了，也總覺得他還在那裡。所以，現在並不覺得孤獨。」

「原來是這樣啊！喵。」

嘲風的影子沒能像月雨的影子一樣留在紅色的宮牆裡，連梨花都替她覺得可惜。

雨停之後，紅牆上的影子就消失了。梨花在第二天出版的《故宮怪獸談》上，把影子的故事放在了最醒目的位置，還附上了照片。雖然因為下雨，照片裡宮女月雨的影子有些模糊，但是仍然把故宮裡的小動物們看得忍不住流眼淚。他們都被影子的故事感動了。

月雨的影子，在故宮裡變得有名氣起來。一到雷雨天氣，就會有貓啊、刺蝟啊、老鼠啊……跑到燕喜堂，聽影子講自己的故事，並陪著一起掉眼淚。

後來，連嘲風都知道了這個故事。

「嘲風也知道了？」一聽到這兒，我把身子往前湊了湊。

「是啊，《故宮怪獸談》可是故宮裡最受歡迎的報紙呢！喵。」

梨花從來不忘了給自己的報紙做廣告。這句話我已經聽她說過好多遍

了。

「嘲風知道以後發生什麼事了呢？」

「我去採訪嘲風，沒想到那傢伙冷酷得要命。喵。」

「冷酷？」

「他居然說，自己只喜歡長著翅膀、又能背誦《詩經》的對象。喵。」

「長著翅膀、又能背誦《詩經》……有這樣的動物或怪獸嗎？」我撓著頭問。

「就是說啊，故宮裡就沒有我不知道的動物和怪獸，但他說的這種，我還真沒見過呢！喵。」

梨花一邊嘆著氣一邊說。「後來，我就把嘲風的回答一字不漏地寫到了《故宮怪獸談》上，結果妳猜怎麼著？喵。」

「怎麼？」我睜大眼睛。

「結果故宮裡的烏鴉、喜鵲、鴿子們都開始背《詩經》了……喵。」

「什麼？」

「嘲風，可一直都是這些鳥類心中的偶像啊！喵。」

原來是這樣啊！我點點頭。

「聽鳳凰說，妳把我的故事寫到報紙上了，有沒有提到我撿到耳環的事情啊？」

自從那天遇見鳳凰以後，我每天都提心吊膽地把耳環藏在衣服裡，就怕被別人看到。

「當然沒有！」梨花拍著胸脯保證，「妳要是沒了那個寶貝，就不能和我聊天了，我的報紙也會少不少素材呢！」

「哦！」我鬆了一口氣，「有關我的報導妳總要讓我看看吧？妳手裡還有那期的報紙嗎？」

梨花顯得有些驚慌，嘴巴微微張開了一點。

「那期早就沒有了……喵。」

「沒有了？真可惜。」我還是第一次上報紙呢！雖然只是一隻野貓辦的報紙。「那最新一期呢？讓我看看什麼樣。」

「那個……也沒有了……喵。」

她還沒說完，一隻肥嘟嘟的小刺蝟就跑到了我們面前。

「梨花，我的報紙呢？」

「你……怎麼自己來拿了？」梨花顯得更驚慌了，「還是等著我幫你送過去吧！喵。」

「看到烏鴉都收到報紙了，我就急著跑過來了。既然都來了，我就自己拿好了。」刺蝟理直氣壯地說。

梨花一看沒有辦法，只好從旁邊的一個牆洞裡拿出一份報紙。原來梨花把報紙藏在這裡啊！這種地方，報紙既不會丟，也不會被露水弄濕，還真是好地方。

不過，既然還有報紙，為什麼梨花不給我看呢？我感覺出有點不對勁。

「能借給我看看嗎？」我對刺蝟說。

「您想看嗎？那就先給您看一下吧！」刺蝟大方地說。

「別……喵。」

梨花剛要撲過來阻攔，我已經搶過了報紙。

天啊！這是什麼新聞啊！梨花居然寫了這種新聞，怪不得不敢給我看呢！

只見報紙最醒目的位置，寫著「故宮人類李小雨密會仙人　談話內容大揭祕！」這新聞標題起得還真刺眼啊！

「這就是妳寫的獨家新聞？」

真沒想到，梨花還真是一隻沒節操的八卦貓啊！

「我寫的是事實……喵。」梨花小聲地嘟囔。

「妳明天的貓罐頭沒有了。」

「不要啊！喵。」

伍

天馬計程車

「妳看，那些車頂上亮著橙色車燈的車多神氣！」

天馬指著故宮門前馬路上川流不息的車流。

「有什麼神氣的？那不過是普通的計程車而已。」

我坐在天馬身邊說。

你一定會覺得有點奇怪吧？在故宮高高的宮牆裡面，我們怎麼能看得見馬路上的計程車呢？

那是因為，我們，我和天馬，正坐在神武門的屋頂上啊！如果現在，在路上匆匆趕路的人們能抬起頭看看天空，說不定就會發現我們了。還可能會引起騷亂，登上報紙。可是，卻沒有一個人這樣做。大家似乎都只盯著腳底下或者正前方。天已經快黑了，人們都一心趕著回家。

「我的夢想，就是成為一輛計程車。」

淡紫色的天空下，天馬慢悠悠地說。

「什麼？計程車？」我張大嘴巴。

可以追風、隨意在天空飛翔的天馬，夢想居然是成為一輛計程車。是開玩笑嗎？

我看著他，天馬雪白的翅膀和鬃毛在微風中輕輕飄動，天藍色的眼睛看起來特別認真。

「是啊，我比那些汽車可跑得快多了。」

「你知道計程車是幹什麼的嗎？」

也許，在故宮生活的天馬，只是把計程車當成跑得快的汽車了吧！我猜想。

「當然。從二十年前，就開始聽人們說計程車、計程車的了。怎麼會不知道？」天馬對我小看他有點不高興。「那種工作，每天對不同的客人說，您去哪裡？然後一邊聊天一邊去一些也許從來沒到過的地方。想想就覺得有

意思。」

看來，天馬還真是想做一輛計程車呢！

「計程車可是很辛苦的啊！」我勸他。

「我從來不覺得飛翔是件累人的事情。」

「你打算怎麼收費呢？」

「這個我倒沒想過。」

天馬皺著眉頭，但是很快又快樂起來。「能做這種工作

的話，即便不收錢也成啊！」

哇！免費都想去做的工作，我開始認真考慮幫助天馬成為一輛計程車了。

「其實，你可以成為故宮裡面的計程車啊！」我對天馬建議。

「故宮裡的計程車？」

「故宮也很大啊！對很多小動物和怪獸來說，即便是在故宮裡，從一個地方到另一個地方，也是件很累人的事。」

要知道，故宮可有一百零一個足球場那麼大呢！鳥兒們還好，刺蝟啊、貓啊、狗啊、老鼠啊……要是想去另一個地方，就是爬一天也不一定能爬到。

「妳說得對！」天馬一下子來精神了。

「而且故宮裡還會有些客人，比如新來的野貓、探親的老鼠什麼的，他們對故宮一點都不熟悉，正需要你這樣的計程車為他們引路。」

「這樣聽起來，我可要快點開始行動才行。」天馬一下子站了起來，四隻雪白的馬蹄躍躍欲試。

「天馬計程車！聽起來還挺不錯的。」我點點頭。

「但是怎麼才能讓大家知道天馬計程車呢？」天馬有些為難地說。

「這個好辦。」我拍著胸口說，「我讓梨花在《故宮怪獸談》上，給你登一則廣告就行了。」

「廣告？真的？」天馬高興得搧動著翅膀。

「包在我身上。」

就在這時候，不遠處傳來了媽媽呼喚我的聲音，是吃晚飯的時候了。

我拍拍屁股：「我要走了。」

「那就請妳來做天馬計程車的第一位客人吧！」

說著，天馬俯下身。

「太棒了！可是千萬別被我媽看見了。」

我高興地騎到天馬的背上，天馬的後背像絲絨沙發一樣光滑、柔軟，可真舒服啊！

「坐好了。」

天馬「騰」地一下騰空而起，接著一個滑翔就飛到了媽媽辦公室的後院。

嘿！不愧為天馬，可真快！

那天晚上，我找到了梨花，請她為天馬登廣告。

「《故宮怪獸談》廣告的費用是……」

梨花剛張嘴，就被我打斷了。

「一盒貓罐頭的價格是二十元，我餵妳有一年了吧……」

「好了，好了，我知道了，這次為天馬免費刊登廣告，下不為例。不過我還有一個小小的要求。」梨花不甘心地說。

「什麼要求？」

「天馬要接受我的採訪。」

「成交！」

這之後很長一段時間，我都沒再去故宮玩。期末考試就要到了，一放學，媽媽就會把我送到首都圖書館去複習功課，直到她下班再把我從那裡接走。

雖然讀書很累，但是我卻經常惦記著，不知道天馬的計程車開得怎麼樣了？

期末考試結束後，我終於又可以跟著媽媽進故宮玩了。

「喂，妳知道天馬的計程車開得怎麼樣了嗎？」

我一邊往梨花盤子裡放貓罐頭，一邊問。

野貓梨花狼吞虎嚥地吃著貓罐頭，我一段時間沒來，她都瘦了。

「聽說生意挺好。」她模糊不清地說，嘴裡面全是罐頭。

「是嗎？」真替天馬高興，要是能親眼看看就好了。

晚飯後，我去城隍廟摘李子。正是李子成熟的季節，城隍廟的李子樹上，掛滿了果肉飽滿的李子。

突然，一陣風劃過，天馬輕輕地落在了我身邊。他的頭上頂著一顆亮著橙色光芒的珠子，就像是計程車上面橙色的車燈，變得更神氣了。

「這顆珠子是哪兒來的？」

「是龍送的。他看了廣告也來乘坐我的計程車，這顆龍珠是他付的車費，說可以幫助我在夜晚照明。」天馬得意地說，「龍說，這是他這輩子第一次坐計程車呢！」

「哈！原來龍這麼愛湊熱鬧啊！」我笑著說。

「自從在《故宮怪獸談》上登了廣告，我的生意就好得不得了。故宮裡的動物、怪獸都想來坐一坐計程車，坐天馬計程車已經成為故宮裡的時尚了。」

「太好了！」我由衷地替天馬高興。

「但是也會遇到奇怪的客人。」

「奇怪的客人？」我瞪大眼睛。

「是啊。」天馬點點頭。

那是個有風的夜晚，天馬正沿著鍾粹宮的宮牆向景陽宮的方向飛奔。突然，他發現在漆黑的後殿耳房前面，一隻小老鼠正在拼命地揮手。他立即剎住了車。

「這下可算得救了。」老鼠一坐到天馬背上就說，「正發愁從這裡去午門怎麼去呢？居然就碰到了天馬計程車！」

「算你運氣好，今天晚上我這裡正好沒有預定。」拉上客人的天馬，心裡也很高興。

「我呀，今天就要離開故宮了，能在離開前坐一下大名鼎鼎的天馬計程

車，死也甘心了。」老鼠打開了話匣子。

不知道是不是太開心了，這句話他一連說了好幾遍。

然而剛剛離開景陽宮，天馬就覺得有點不對勁。從他的身後，傳來了搧動翅膀的聲音。一群黑壓壓的東西，正向天馬飛過來。

「什麼啊？」

天馬放慢了速度。

他轉過頭，這下看清楚了，是烏鴉！幾十隻烏鴉，瞪著紅色的眼睛，用力地搧動著翅膀。

「那些烏鴉想幹什麼？」天馬小聲嘀咕。

「烏鴉！」老鼠打了個冷顫。

他尖叫起來，「快跑啊！千萬不能讓他們追上！」

「故宮裡，還沒有能追上我的東西！」

說著，天馬加快了速度。也就是幾秒鐘的時間，烏鴉們連影子都看不到了。

午門已經在眼前了，老鼠長長地鬆了口氣。

「烏鴉為什麼追你？」

「哎！是因為我一不小心吃了烏鴉們的食物。誰會想到那些雞蛋是烏鴉藏在草叢裡的呢？結果，就因為這個，被烏鴉們通緝。每天東躲西藏，如果在故宮裡待下去，說不定哪天就被烏鴉們當食物吃掉了。」老鼠難過地搖著頭。

午門到了，長安街上耀眼的街燈就在眼前。老鼠從天馬身上滑下來，耷拉著腦袋，給天馬鞠了一個躬。

「今天多虧您，否則我就沒命了。」他說，「希望今後還有機會能乘坐您的計程車。」

說完，老鼠就一個人向燈火通明的長安街跑去，跟著他的，只有一個小小的書包和他小小的影子。

「不過，偷吃別人的東西總是不對的。」我聽完後說。

「話是這麼說，可是烏鴉們也太過分了，為了幾個雞蛋，總不能要了老鼠的命啊！」天馬說。

我點點頭，天馬說得對。

「故事還沒完……」

「還沒完？」

「是啊，那隻老鼠出故宮後，到處和別人講天馬計程車的故事。他還帶了登著廣告的那期《故宮怪獸談》給其他的老鼠看。結果……」

送走老鼠的幾天後，鴿子們就從各地帶來了寄給天馬的信。緊接著，信越來越多，都快把天馬埋在裡面了。這些信，全部是要預定天馬計程車的！

「連回信都回不完。」天馬苦惱地搔著頭。

「實在忙不過來，就把嘲風拉過來幫忙好了。」我替他出主意。嘲風也長了翅膀呢！

「那冷酷的傢伙才不會幫我呢……」

「說的也是。」

「說起嘲風，倒讓我想起兩天前載的一個顧客。是個除了目的地外，一句話也不說的顧客，就這點和嘲風還真有些相像……」

「一句話也不說的顧客，是什麼樣的顧客呢？」

這聽起來比那隻逃命的老鼠還有意思，我立刻豎起了耳朵。

天馬說，那天的天還沒完全黑，天邊還掛著紫色的晚霞。御花園裡洋溢著一種讓人想大哭一場的甜甜的花香。因為幾天前就有人預定了計程車，天馬很早就等在那裡。

這是什麼花的香味呢?天馬一邊等客人一邊想。是一股聞起來讓胸膛暖暖的、有點發癢的香味。

被花香迷住的天馬,連客人什麼時候到身邊的都不知道。等到他回過神來的時候,那個穿著黃色連身裙、白白淨淨的女孩已經站在他身邊了。

是人類嗎?天馬心裡想,外表看起來像,但是在故宮裡,這可說不定。

「去建福宮花園,麻煩了。」

女孩坐到天馬背上,輕飄飄的,比一片花瓣還要輕。

「建福宮花園嗎?那可是剛剛重新修建好的花園。」天馬說。

那座花園在九十年前被一場神祕的大火給燒毀了,聽說很多的寶物和珍貴植物都在大火中被燒成灰燼。直到兩年前,這座花園才被重新修建起來。

女孩沒有回答天馬的話,只是靜悄悄地坐著。這讓天馬有了一種錯覺,自己背上的可能只是一股風吧!

到了建福宮花園，女孩遞給天馬一顆種子做路費，就低著頭走開了，連句「謝謝」都沒說。

「什麼種子呢？」我好奇地問。

天馬拿出種子，是一顆兩頭尖尖的、像棗核一樣的種子。

「啊！這是丹桂的種子啊！」我叫道，「居然還有人用丹桂的種子做路費啊！」

「這並不奇怪，我還收到過用羽毛做路費的呢！」天馬說，「我倒是有點擔心那個女孩，她一定是遇到什麼為難的事情，才會那樣一言不發吧！」

穿著黃色連身裙的女孩、丹桂的種子、御花園和建福宮花園……我突然想到了什麼。

「如果你真的很擔心，我可以去幫你調查一下。」

「真的？」天馬有些意外，「那就麻煩妳了。」

「不過，天馬，你怎麼知道我在城隍廟？」

來城隍廟偷摘李子的事情，我可沒告訴任何人。

「我不知道妳在城隍廟啊！是我的一位客人預定了計程車，讓我來這裡接他。結果就看見了妳。」

「你的客人在哪呢？」我四處望。城隍廟裡，除了我和天馬，看不到其他人啊！

就在這時，一個特別細小的聲音，從我腳下傳過來。

「我在這裡啊！」

我和天馬同時低下頭。啊！一隻胖嘟嘟的小刺蝟就站在我的兩腳中間。

「是你預定了天馬計程車？」天馬問。

「是啊！」小刺蝟點點頭。

與天馬和小刺蝟告別後，我離開城隍廟，向建福宮花園走去。

如果我沒猜錯的話……

建福宮花園裡，新種下不久的丹桂樹，飄著讓人喘不過氣來的甜甜的香味。這就是天馬聞到的香味——丹桂的甜香。

「喂，就是妳吧！那個乘坐天馬計程車的女孩。」我對著丹桂樹說。

丹桂樹在微風中，如夢一般地搖曳著。

「是我啊！」

不知什麼時候，樹的後面已經出現了一個女孩，黃色的連身裙、白白淨淨的臉，和天馬說的一模一樣。

沒錯！就是她，丹桂花的花仙。

「為什麼不說話呢？天馬很擔心妳。」

隔著丹桂樹，我輕聲問她。

「因為離太近，說話的話，怕他會花粉過敏啊！」

花仙的聲音脆脆的，很好聽。

「花粉過敏？」

「是啊，上次警犬胖子來御花園。我只和他說了兩句話，他就不停地打噴嚏，還得了很重的過敏症，全身的毛都被剃掉了。這之後，我就不敢和別人很近地說話了。」

原來是這樣啊！丹桂花濃濃的花香和豐富的花粉，對花粉過敏的動物來說，的確要躲遠一點。

「我知道了。」我看著那棵茂盛的丹桂樹，「妳就要在這裡住下了吧？」

花仙點點頭。

「一定要和在御花園時一樣漂亮啊！」我說。

花仙笑了，她的笑容和丹桂的香味一樣甜。

「原來是這樣啊！」

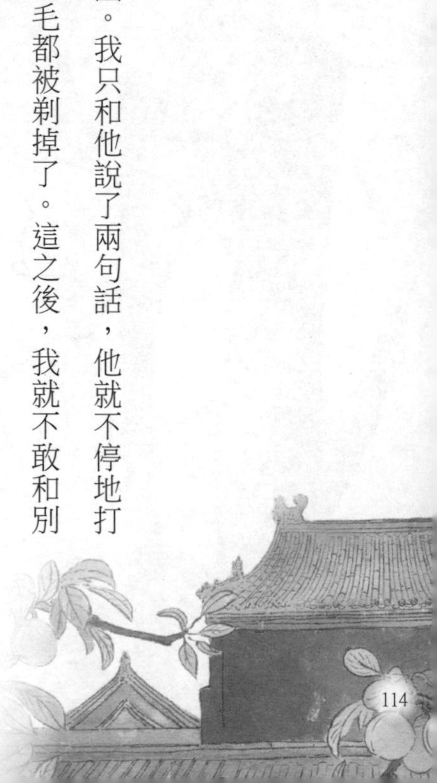

第二天晚上，天馬載完預約好的客人，就跑到媽媽辦公室的後院來找我。

「這麼說，還真是個善良的花仙啊！」

「是啊！」我點點頭。

「不過，我倒是很喜歡丹桂的香味啊！等到有機會，一定要再載花仙一次，告訴她我可不會過敏，可以隨意說話。」天馬笑著說。

「你身上怎麼了？擦傷了嗎？」我注意到天馬兩個翅膀之間的位置，有一塊小小的紅色傷痕。

等等！在傷痕的旁邊，居然還貼著一塊不小的便利貼，上面寫著四個大字：「拒載刺蝟！」

難道是昨天的刺蝟……

「拒載刺蝟？」我使勁憋住笑。

「是啊！再也不載刺蝟了……」

天馬不好意思地低下頭。

「哈哈哈哈……」

我實在忍不住，大笑起來。

陸

龍和他的秘書

很久、很久以前，有個叫葉公的人。

他非常喜愛龍，家裡的牆上、門、窗戶、桌子、床、椅子、飯碗……只要能畫畫的地方，全部都畫著龍，就連他身上穿的衣服、蓋的被子、腳上的襪子也都繡著龍。進入葉公的家，就彷彿進入了龍的世界。

天上的真龍聽說此事後非常感動，就來到葉公家拜訪他。

真龍的龍頭從窗戶伸進來，尾巴拖到房間裡，他還沒說話，葉公就已經被嚇壞了，他一邊尖叫，一邊逃跑了。

後來，人們就以「葉公好龍」這個成語，來比喻那些自稱愛好某種事物，實際上並不是真正愛好，甚至是懼怕的人……

「其實，葉公看到的根本不是龍……」怪獸斗牛告訴我。

每次看到斗牛，我都忍不住讚嘆，他和龍長得也太像了！如果不是他頭上的牛角，我簡直就分不出哪個是斗牛，哪個是龍。

「不是龍？怎麼可能？那麼有名的成語不應該是假的啊？」我撇撇嘴。

「真的。龍那天去泡溫泉了，因為他鱗上面長了一塊讓他覺得很癢的東西。就去了成都南山的溫泉。」

「那葉公看到的是什麼？」這我可就納悶了。

「是我。」斗牛悶悶不樂地說，「因為龍要去泡溫泉，就讓我代替他去慰問葉公，所以葉公看到的是我。」

「什麼?!」

怎麼還有這樣的龍，居然為了自己能去泡溫泉而使用替身！

「這沒什麼奇怪的，他經常這樣。只要自己不想去做的事情，就會推給我。反正人類也沒幾個人親眼看到過真的龍，所以都會把我當成真正的龍。」斗牛振振有詞地說。

我早就聽別的怪獸說過，斗牛是龍的祕書。如果有什麼事情需要找龍辦理，又找不到他的話，只要找到斗牛就行了。

「你還有什麼時候當過龍的替身？」我的興趣來了。

「『乘龍快婿』裡的龍也是我。」斗牛悶悶地說。

「什麼？」我叫道，「你是說蕭史乘坐的龍……」

等等！有人不知乘龍快婿的故事嗎？

很久很久以前的春秋時代，秦國國君秦穆公有個小女兒叫弄玉公主，喜歡吹笙。

一天晚上，美麗的公主在月光下吹笙，聽到一陣悠揚的洞簫聲在和著自己的玉笙。她就找到自己的父親，說要嫁給這個吹洞簫的人。

秦穆公派人去尋找，一直找到華山，才聽到樵夫們說，有個青年隱士，名叫蕭史，在華山隱居。這位年輕人喜歡吹簫，簫聲可以傳出幾百里。

蕭史被帶到秦王的宮殿，為秦穆公演奏。一曲還未吹完，殿上的金龍、

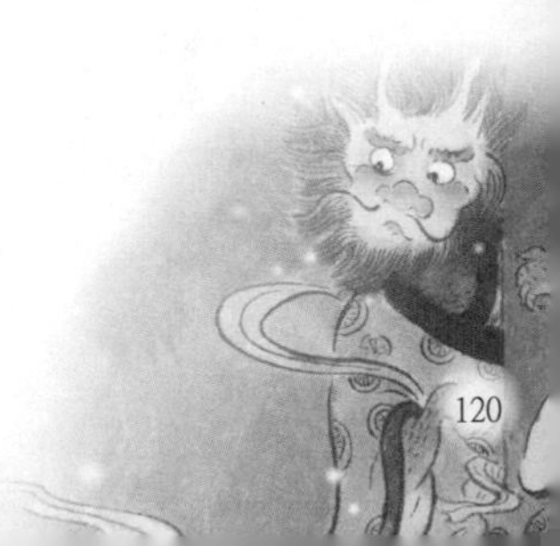

彩鳳就翩翩起舞。於是，蕭史和弄玉公主結成夫妻。然而很多年之後的一個晚上，兩人奏完笙、簫之後，蕭史對公主說：「我很懷念華山幽靜的生活。」公主也說：「我也很厭煩宮廷生活，我願意與你一起去華山隱居。」

於是，弄玉乘上彩鳳，蕭史跨上金龍，一時間龍鳳雙飛，升空而去。從此，人們便把蕭史稱為「乘龍快婿」。

「你是說蕭史不是『乘龍快婿』，而是『乘斗牛快婿』？哈哈！」說完，我就自顧自地笑起來，笑得肚子都痛了。

斗牛卻一點都沒笑，「龍最不喜歡別人騎他了，通常這種時候，他都會裝病或者躲起來，讓我代他去。」

這可真有意思！

說實話，我在故宮裡很少能見到斗牛。怪獸們的聚會，斗牛也是缺席最多次的那個。如果問起來，怪獸們總是會說，「他啊，應該在忙著工作。」

倒是龍，作為所有怪獸和動物的頭領，卻是一副很悠閒的樣子。不是乘著天馬計程車到處閒逛，就是趴在房樑下睡覺，或是溜出故宮去海裡旅行、到山裡泡溫泉。

「因為他把所有難辦的事情都推給我了。」斗牛埋怨，「他那麼悠閒，我卻忙得連休假的時間都沒有。我早就想去動物園轉一圈，看看現在的動物都長成什麼樣了。上次去動

物園看動物，還是在清朝的時候。」

「你今天怎麼有時間來找我聊天？」

晚上，我一邁進媽媽辦公室的後院，就看到斗牛像蛇一樣地盤在涼亭頂上。明亮的月亮照在他的鱗甲上，閃著白光。

「霸下被暴露在外的電線電到，海馬在夜間嚇暈了一個人類警衛，地下宮殿最近有被開啟的跡象，金水河因為雨水太多氾濫……要處理的事情實在太多了，所以我才來這裡躲著，圖個清靜。」斗牛說，「這裡因為人類活動多，動物和怪獸通常都不會過來，雖然不太安全，卻是個偷懶的好地方……」

可是，還沒等斗牛把話說完，珍寶館的野貓小藍眼兒就跑了進來。

「斗牛大人，原來你在這裡啊！」小藍眼兒像看見救星一樣，「您快去管管吧！烏鴉和鴿子為了爭地盤打起來了。」

「龍大人呢？」斗牛沒精神地問。

「龍大人？沒看見啊！不過就算龍大人在，也會讓您去處理的。所以，趁著還沒鬧大，您去雨花閣看看吧！」

「什麼事情都來找我做。」

斗牛深深嘆了口氣，拖著疲憊的身體從房頂上向雨花閣的方向飛去。

「斗牛看起來很累。」我對小藍眼兒說。

「雖然是累一些，但在故宮裡，他可是權力僅次於龍的怪獸。實際上，很多時候龍都是聽他的呢！」小藍眼兒倒是挺羨慕的，「斗牛啊，比龍能幹得多。龍要是沒有他，故宮裡就亂糟糟了。別看他對怪獸挺兇的，但對動物特別有愛心。故宮裡的動物都特別喜歡他。」

再次見到斗牛，是幾天後我去給野貓梨花送晚飯的時候。

剛走進貞順門，就看見梨花拖著斗牛的尾巴，瞪著大眼睛，一副可憐兮兮的樣子。

「就一條，一條就好了。喵……」

梨花一邊懇求，一邊用頭蹭著斗牛的腿。

我使勁眨了眨眼睛，梨花是在賣萌嗎？難道，斗牛拿了什麼好吃的給她？

「好……好吧！」斗牛的臉漲得通紅，「龍大人把飛龍杖弄丟了。」

「什麼？」梨花立刻恢復了八卦記者的模樣，「什麼時候？丟在哪了？喵。」

「上星期吧……」斗牛吞吞吐吐地說，「好像是丟在東海了。」

「嗯、嗯！」梨花不知道從哪裡掏出一本小本子，迅速地把這些都記錄下來。「上次飛龍杖遺失，好像是被靈吉菩薩撿到了對吧？還用它幫助孫悟空制伏了黃風怪，對吧？喵。」

「啊……我要走了……」斗牛一臉後悔的模樣。

「等等！斗牛大人！我們發起一場『尋找飛龍杖』的活動怎麼樣？一定會很受歡迎的！您別走啊！我們再商量商量……喵嗚。」

斗牛已經竄上屋頂，逃命一樣地跑了。

「斗牛大人！斗牛大人！喵。」

梨花不甘心跳上牆，可是以她胖胖的身材，是怎麼也跳不上屋頂的。

「妳到底對斗牛做了什麼？」

我走進去，把貓罐頭倒進梨花的碗裡。

「在找不到頭條新聞的時候，去求求斗牛準沒錯！喵。」梨花高興地吃著貓罐頭，「他知道的內幕消息多，心腸也軟。只要我瞪大眼睛裝可憐，他就會不忍心，然後告訴我一些大新聞。」

「不過，飛龍杖是很厲害的東西嗎？」

「妳沒看過《西遊記》嗎？黃風嶺的黃風怪，連孫悟空都打不過他。靈

吉菩薩將飛龍杖丟下來，就有一條八爪金龍，一把抓住黃風怪，提著他的頭，兩三下就把他摔死了。」

「龍居然把那麼重要的東西弄丟了……」

「這沒什麼奇怪的，上次龍大人還一屁股把定顏珠坐碎了。」

「啊！」

梨花三口兩口地吃完了貓罐頭。

「我要去採訪龍大人，小雨要不要一起來？」

「我？這合適嗎？」我撓撓頭。

「沒事，沒事。有妳在，龍大人就應該不會趕我走。」

原來是這樣啊！看來梨花還真是不太討人喜歡呢！

「那好吧！」

我倒也想聽聽，龍會說些什麼。

沐浴在月光之下的故宮，寧靜極了。照亮角落的燈，成了一種微弱的橘子一樣的顏色。高高宮殿的影子們，重重地投在被磨得光滑的路面上。

高高的雨花閣上，龍盤旋在屋頂，身上的金甲閃閃發光。

「龍大人，小雨來看您了。」梨花扯著嗓子在雨花閣下面喊。

這隻狡猾的野貓！

一個細長的身影從雨花閣上跳下來，居然是斗牛。

「斗牛，你也在啊！」我有些意外。

「龍大人叫我把妳們帶上去。」斗牛一副無可奈何的模樣。

我和梨花坐到斗牛的背上，斗牛騰空而起，我們的周圍被濃濃的白霧包圍。

「哇！斗牛，你會噴霧呢！」我驚叫。

「我本來就是會吞雲吐霧的神獸……」

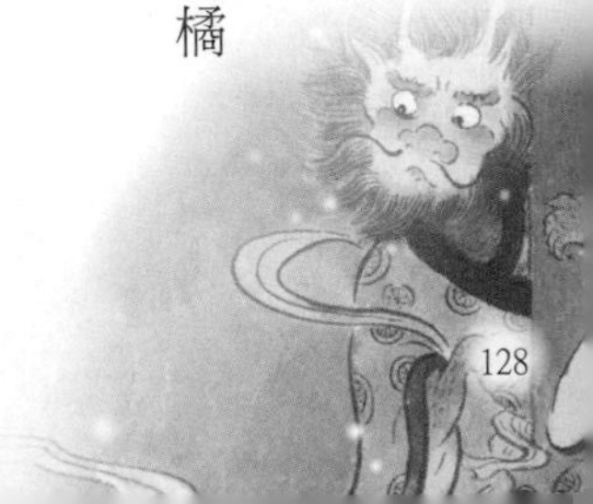

斗牛把我們放在雨花閣的屋頂。

「哪裡，你現在可是整個故宮的幕後管理者！」龍富有磁性的嗓音響了起來。

他舒服地在琉璃瓦屋頂上盤坐著，巨大的身軀把雨花閣壓得吱吱作響。

「龍大人，我要休假！」斗牛堅決地說。

「小雨，我們還是頭次見面吧？」龍笑瞇瞇地看著我，理都不理生氣的斗牛。

「啊，是啊，真的很榮幸。」第一次看見真的龍，我有點緊張。

「聽說妳能聽懂怪獸和動物們說話，好神奇的能力！」

啊！怎麼會問到這個，我心裡更緊張了，那個帶魔法的耳環不會是龍遺失的吧？

幸虧這時候斗牛又插進話來：「龍大人，我已經四十年沒有休假了……」

可是還沒等他說完，龍又把頭轉向梨花：「我聽說珍妃井那邊有幽靈出現？」

「這個，我也聽說了……」

梨花還沒說完，就被斗牛打斷了。

「龍大人，這次我一定要休假了。如果再不去動物園，臥龍來北京做展覽的那四隻大熊貓就要回四川了。」

「熊貓館不是一直都有熊貓展覽嗎？沒必要非要看那幾隻吧？」

「熊貓館一共只有八隻熊貓，正常展出的只有四隻。而現在，因為臥龍的熊貓在，可是十二隻全部展出啊！再等這樣的機會，不知道要到什麼時候了！」斗牛激動得臉都紅了。

「那個珍妃井裡的幽靈妳見過嗎？」龍又轉向梨花問。

「這個……」

「龍大人，你不要假裝聽不到，這次我一定要休假！」斗牛再次打斷梨花。

梨花愣在那裡，半張著嘴，被斗牛的氣勢嚇住了。

「好了，好了，知道了！」龍不耐煩地說，「只給你半天時間，三個時辰。三個時辰以後，必須回來。」

「是！」斗牛有力地回答。

「哎……真不知道熊貓這種笨笨的動物，到底有什麼好看的……」龍小聲嘟囔著。

「是啊，還沒有我們貓類好看呢！」梨花應和著，「龍大人，關於飛龍杖遺失在東海……」

梨花剛剛問到正題，只聽到「嗖」地一聲，剛才還盤旋在我們面前的那條巨龍，居然已經消失了。只剩下明亮得出奇的月光，照在金黃的琉璃瓦上。

「龍……」梨花愣在那裡，「跑得還真快！」

星期天，太陽從早上就大得嚇人。雖說秋天已經越來越近，但是陽光仍然熱得燙人。

我戴著大大的草帽，站在北京動物園門口。正是放暑假的時候，這裡的人比過年時逛廟會的人還多。我真有點擔心，斗牛會以什麼模樣出現在人群裡。可不要引起騷亂啊！我在心裡默默祈禱。

沒錯，我和斗牛約好了，今天做他的嚮導。

「嗨！小雨！」

一個矮個子的叔叔站在我面前。他的臉圓圓的，皮膚有些發黃，難道他就是……

「斗牛？」

我小心翼翼地問。

「沒錯，我的變身術還不錯吧！」

「如果能再變高一點就好了……」

他現在的個頭，比我高不了哪兒去。

「不，這樣很好，比較容易近距離接觸到動物。」

「要從哪裡看起呢？」我問。

動物園有哺乳動物、爬行動物、鳥類……還真不少呢！

「熊貓，先看熊貓！」

斗牛果然還是最喜歡熊貓啊！

熊貓館的玻璃牆裡，一隻胖嘟嘟的熊貓懶懶地趴在矮樹樁上，舒服地瞇著眼睛。

「這種毛茸茸的動物，真讓我有抱一抱的衝動。」斗牛的臉緊貼著玻璃牆，「我在清朝的時候第一次看到牠們就很奇怪，這種可愛又笨拙的動物是如何生存下來的？」

「當然是靠吃竹子。」我回答，「我倒是更好奇你們這些怪獸，到底是古代人類想像出來的，還是真的存在過呢？」

和怪獸們接觸得越多，這個問題我越想不明白。

「當然是存在過。不過，那是很久以前的事了。」斗牛一下子變得嚴肅起來。

「但是，即便在古代，也很少有人見過你們，這是為什麼？」

「那你見過白臀葉猴嗎？見過普氏野馬嗎？見過中國犀牛嗎？」斗牛問。

我搖搖頭說：「這些不都是已經在地球上滅絕了的動物嗎？」

「所以啊！」他輕輕嘆了口氣，「如果人類再這樣不顧及動物們的感受，就連豹子、狼、海豚這些動物都會變成我們這樣的雕塑，或者只能用電腦3D技術才能做出來的東西。」

「是啊……」

生物老師說過，現在每一天，甚至每一個小時地球上都有物種滅絕。而我和斗牛在動物園裡度過的這幾個小時，不知道有多少物種已經從地球上永久消失了。

「會不會有一天，熊貓也會和你們這些神獸一樣，被人裝飾在屋頂呢？」

「聽起來挺恐怖的，」斗牛使勁地搖搖頭，「熊貓還是更適合這樣毛茸茸地生存下去，希望人類能善待牠們。」

柒
一個吻，一個吻獸

如果張開手臂，一下子跳到金水河裡，是不是會變成一條魚呢？

最近我總是在想這個問題。

天氣越來越熱，真想去游泳啊！穿上漂亮的游泳衣，跳到冰涼的水裡，一定會舒服得打個寒顫吧！

想是這麼想，但其實我並不會游泳。每次去游泳池，我都抱著又大又笨的游泳圈，根本不能像魚一樣靈活、自由地游來游去。

夏天的黃昏，金水河上撒滿了夕陽的金粉，像金色的魚鱗一樣，密密麻麻地湧了過來。就在這時，金色水波中突然出現了一抹綠色，是翡翠般的綠色，亮亮的，好像是一條大魚的脊背。

我一把抓住河邊的圍欄，俯下身子，想看得清楚一點。然而，哪裡還有魚的影子，金水河上有的只是夕陽的倒影。

是我眼睛看花了嗎？

我正納悶，水面上突然跳出一個大水花，一個大怪獸浮了出來。呵！好威武的龍頭，但怎麼配了一個鯉魚的身子？顏色是少見的翠綠色。這不是太和殿屋樑上的吻獸嘛！

別的怪獸都在屋簷上、屋角下，只有吻獸，一個人橫霸在最高、最寬敞的屋樑上，個頭也是最大。

「嘿！李小雨，妳會游泳嗎？」

吻獸說話了，那聲音粗粗的，像沙啞的風聲。

「我嗎？」

怎麼也想不到，吻獸會和我說話。

「是啊，這裡只有妳啊！」

吻獸直瞅著我，那眼神好有威嚴啊！我連大氣也不敢喘。

「我不會游泳。」我用小得不能再小的聲音說。

雖然已經見過很多故宮裡的怪獸，但我從沒像見到吻獸這樣不知所措。

「跳下來！」

「你說什麼？」

「就這樣張開雙臂跳下來！快！」吻獸催促著我。

「沒帶游泳圈，我會被淹死的。」我往後退了一步。

「不會的，有我呢！」吻獸說，「我教妳游泳。」

吻獸教我游泳？這簡直讓人不敢相信。但我轉念一想，為什麼不試試呢？吻獸可是龍的兒子，跟吻獸學會游泳以後，我應該就能像魚一樣，自由自在地在水裡穿行了吧？

這樣一想，我就動心了。

我慢慢爬過金水河的圍欄。圍欄不高，我很容易就爬了過去。可是，下一步就要鼓足勇氣了，不帶游泳圈就跳進金水河裡，這是平時想也不敢想的

事情。

我深吸了一口氣，閉上眼睛，張開雙臂跳了下去。

「撲通！」

金水河的水好涼爽啊！我的身體一下子變得輕了起來，手和腳都浮了起來，但是身子仍然在往下沉。

「要憋住氣啊！」

吻獸的聲音透過河水傳到我耳朵裡。

「對，就這樣，手腳要同時划動，有節奏地划。」

「浮到水面上才可以換氣……」

「要用心感受水的力量。水可是連大輪船都托得起來的大力士。」

「很好，就這樣。」

「可以睜開眼睛了……」

「……」

不知不覺中，我已經可以在金水河裡像魚一樣地游泳了。這感覺可真棒啊！吻獸還真是個好老師。

我跟在吻獸的後面，金水河的河水閃著光，風吹起的波浪撫著我的臉。也不知道游了多久，我卻一點都不覺得累。

太厲害了！再游快一點吧！我超過吻獸，努力向前游去。

河水變寬了，我繼續向前游。又不知道過了多久，穿過一段暗溝後，水面一下子變得一望無際起來。

「這是哪裡啊？」我問吻獸。

「這裡是大海啊！」吻獸回答。

大海？可是北京沒有海啊！

吻獸似乎看透了我的心思。

「我們已經游出北京了。」

這時候我才注意到，天空已經完全暗了下來。剛才太專注地游泳，連天黑了都沒發現。

「這可怎麼辦？」我有點著急了，這麼晚不回去，媽媽肯定在找我了。

「既然都游到這裡了，不如去旅行吧！」吻獸不慌不忙地說。

「可是我媽媽……」

「妳媽媽今天可是要通宵在倉庫裡整理貨物的，等到明早她回到辦公室的時候，我們也就回去了。」

「真的？」

「當然，我可是吻獸啊！有什麼不知道？」

他這麼一說，我放下心來。對啊，以前媽媽通宵工作的時候，我也是一個人睡在辦公室裡的小床上。只要明天在媽媽回來之前回去，一切就會像什麼也沒發生一樣。

「那我們去什麼地方旅行呢？」

「就沿著大海往東方游吧！碰到海岸就上去好了。」吻獸說。

「如果是有人的城市，你也能上岸嗎？」

如果吻獸出現在城市裡，一定會引起騷動吧！

「當然不能這個樣子上去。」吻獸說，「我可是會變身的。」

「變身？」

「對啊，我可是神獸啊！」吻獸換了個舒服的姿勢浮在海面上。「我啊，最喜歡旅行了。我的夢想就是和世界上所有的名勝古蹟合影。但是那種地方都是人多的地方，所以每次都要變成人類的樣子才能去。」

「你去過很多地方麼？」

「嗯，韓國啊、泰國啊、法國啊……」

「都是游泳過去的？」

「是啊！我和艾菲爾鐵塔、首爾景福宮、泰國玉佛寺、印度的泰姬陵……都合過影，不過卻沒有一張能刊登到《故宮怪獸談》上。聽說妳和梨花關係好，下次見到她一定要幫我說說好話啊！」

原來還有怪獸想討好梨花啊！這可是我第一次聽說。

「嗯……好。」

吻獸一下子高興起來，他吹了個口哨。

「那我們出發吧！如果游累了就告訴我，我可以背你。」

「嗯！」我點點頭。

我們朝著大海的東面游去。夜晚的大海發出不可思議的呻吟聲。

游了多久是沒辦法計算的，因為沒有太陽，也沒有光。黑漆漆的大海上，有的只是偶爾路過的貨輪，或是無聲的魚群。

我們終於上岸了，在水裡輕飄飄的我，一上岸卻感覺到累極了，連身上的衣服都覺得沉重。

天上星光閃現，依傍著海的馬路上，燈一盞接一盞地亮了起來。

這是一個燈火通明的海邊小鎮。一排排全是屋頂上壓著石子的房子，每一家的煙囪上都冒著煙。

上岸後吻獸變成了一個英俊的少年，白皙的臉龐，精神的短髮，翡翠一樣的綠眼睛。只是頭上那一對龍角，怎麼也消失不了。

「這可怎麼辦？」我發愁地望著他。

「沒事，一會兒買一頂帽子就好了。」他倒是一點也不在意。

我們沿著海灘走進小鎮。真是個熱鬧的鎮子，雖然已經是晚上，街道上還是人來人往的。唯獨有點讓人覺得奇怪的，是這裡的人都穿著古老的和服。

「看來這是屬於日本的一個小鎮了，但是即便是現在的日本，應該也很

少有人會穿和服了吧？」我心裡想。

我們在遇到的第一個商店裡買了一件有紅色腰帶的和服和一頂棒球帽。我換下身上濕透的衣服，吻獸也藏起了犄角。雖然這裡的人的打扮都很奇怪，但是商店裡倒是什麼現代商品都有賣。戴上棒球帽的吻獸更帥了。

「妳的項鍊好漂亮。」吻獸說。

我趕緊低頭看，原來和服的領子有點大，掛在紅繩上的寶石耳環露了出來。我趕緊把耳環重新塞回衣服裡。

已經有其他東西吸引了吻獸的注意力。

「哈！這是一個狸貓的鎮子啊！」他突然說。

「啊？狸貓的鎮子？」

我的腦海裡浮現出動畫片《百變狸貓》，就是那些會變身的狸貓嗎？

「嗯，妳看他們有的尾巴還沒藏好呢！」

我順著吻獸指的方向望過去。真的！有的人的和服下面，居然露出毛茸茸的尾巴。

「我們還是離開吧！」

不知為什麼，我有點害怕。

「不，在這裡等到天亮吧！」吻獸卻說。

「為什麼？」

「妳看！這裡能很近地看到富士山呢！我早就想和富士山合影了。但晚上是拍不清楚的，所以明天早上拍完照再離開吧！」

原來是這個原因啊！吻獸還真是個拍照狂人啊！

「闖進狸貓的鎮子，不會有危險嗎？」

「還有比我更危險的動物嗎？」吻獸微微一笑，英俊的模樣讓我一陣暈眩。

突然，遠遠地傳來一陣打鼓的聲音。街道上本來還在不慌不忙行走的人們，都急匆匆地朝打鼓的方向跑去。

「喂！這是怎麼了？」吻獸拉住一個跑過他身邊的人。

「你們是外地來的吧！今天是夏祭啊！節目就要開始了。你們也去湊湊熱鬧吧！」

那個人說完，就朝鼓聲響起的方向跑去。

夏祭，就是夏天的祭典吧？我心想，怪不得今天這個鎮子裡到處掛滿了燈籠。

吻獸拉著我的手，也跟著人群向前跑去。

海邊的一塊空地上，已經搭起了臺子。舞臺上，鎮裡的年輕人正在輪流敲著大鼓，鏗鏘有力的鼓聲隨風飄散到了遠方。

舞臺下面，人們和著鼓，圍成一圈跳起舞來。舞蹈的圈子變成了兩圈、變成三圈……眼看著變得更大了起來。大鼓的聲音愈是響，舞跳得愈是瘋狂；大鼓的聲音愈是輕，舞跳得愈是舒緩……變成人類的狸貓們像是醉了似的，如同一群隨著大鼓聲起舞的木偶。

吻獸拉著我，也加入了跳舞的人群中。我的臉紅了。無論哪個女孩和眼前這麼英俊的少年跳舞，臉都會紅吧？

正跳得高興，海面上突然「砰」地升起煙火。彩色的煙火如流星般地墜下來，劃出漂亮的弧線。我們幾乎看呆了。

這之後，狸貓們突然變得瘋狂起來。他們有的幾個摞在一起，變成了巨大的布袋和尚；有的還排成一排變成了長長的火車……

於是，海岸上變得炫目起來。在大鼓激烈的鼓點下，天狗、布袋和尚、月亮女神……各路神仙飛翔在天空，火車、電車、八岐大蛇、守鶴……在地面上橫衝直撞。

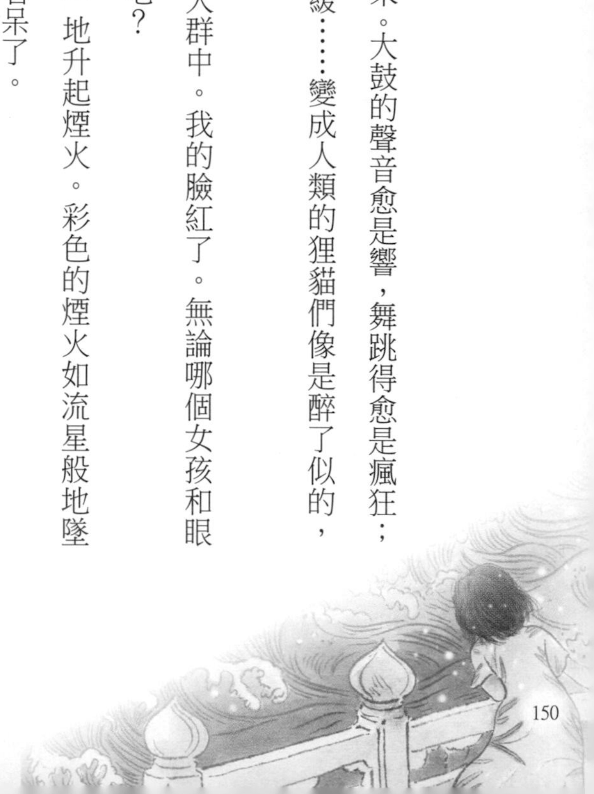

「天啊！」正在看熱鬧的吻獸突然臉色一變。

我順著他的眼睛望過去。不知什麼時候，一個巨大的吻獸也出現在日本的怪物中間。他正搖著龍頭和魚尾，向我們的方向走來。

「日本人也知道你？」我問。

「是啊，日本的皇宮裡也都有我的塑像。」

「沒想到你這麼有名。」

「但是，突然這樣面對自己，還真是被嚇了一大跳。」吻獸表情奇怪地說。

我肚子餓了，吻獸買了藍莓口味的棉花糖給我吃。藍色的棉花糖，感覺像一陣海風穿過了嗓子。我和吻獸一人拿一支棉花糖，我突然有了要是能和吻獸活在同樣的世界裡就好了的想法，這種想法真奇怪。

狸貓們鬧了整整一夜，直到第二天早晨，第一縷晨光照到海面，他們才漸漸散去。

富士山清晰的輪廓浮現在狸貓小鎮的上方。

「喂！我們一起和富士山合影吧！」吻獸開心地叫道。

於是，我和吻獸緊緊挨在一起，擺好姿勢。

相機「咔」的響了一下，我和吻獸的這一刻就永遠留在了照片上。

就在這時，我突然有了一個想法。

「你叫吻獸，你知道吻獸中的吻，在人類的世界是什麼意思嗎？」

「什麼意思？」吻獸望著我。

好漂亮的眼睛。就這樣辦了！

我踮起腳尖，輕輕地用嘴唇碰了碰他的臉頰。吻獸的皮膚涼涼的。

「就是這個意思。」

吻獸愣住了。

我紅著臉跑進大海裡，和服上紅色的腰帶慢慢地在水裡散開來。

我們沐浴著早晨的陽光游回到金水河，回到故宮。直到躺到了媽媽辦公室的小床上，我的心還「怦怦」地跳個不停。

吻獸，一定被嚇壞了吧？

那天放學，路過太和殿，巨大的吻獸趴在高高的屋脊上，看起來和以往沒什麼不同。可是我卻覺得哪裡不對勁，仔細一看，原來是吻獸的眼睛不知道為什麼蓋上了一層白色的東西。

「吻獸的眼睛上是什麼？鳥屎嗎？」我問身邊的梨花。

「哪有鳥敢在吻獸身上拉屎啊！」梨花搖著頭，「聽說昨天晚上吻獸偷偷跑出去，回來眼睛就發炎了。喵。」

「眼睛發炎了？」

「是啊，可能是因為現在的海水太髒了吧！反正每次吻獸偷跑出去，回來眼睛都會發炎。不過，過一陣就會好的，再怎麼說也是神獸啊！喵。」

「是這樣啊！真可惜，原本那麼漂亮的眼睛。」

我腦海裡浮現出吻獸那雙翡翠一樣的綠眼睛，誰的眼睛都比不上。

「是啊，都不帥了呢！喵。」梨花也惋惜地說。

「才不呢！」我心裡想。

無論他變成了什麼樣，他都是我最愛的大怪獸！

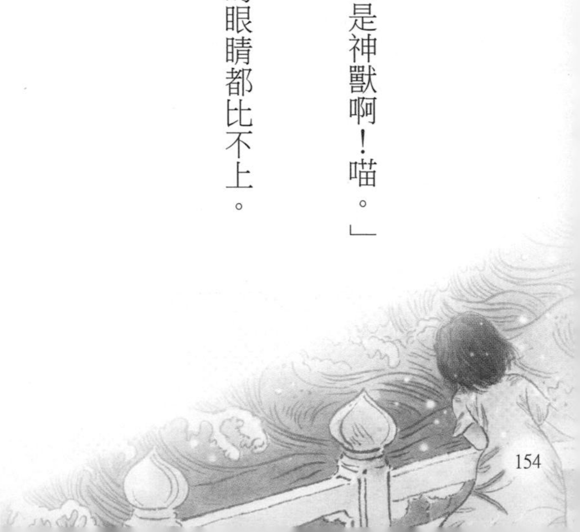

捌 行什是外星人？

電腦螢幕今天不知道是怎麼了，忽明忽暗的。

我用手使勁敲敲電腦外殼，沒什麼效果，螢幕仍然像馬路上的黃色信號燈一樣，一閃一閃的。

媽媽這臺辦公用的電腦說起來也用六七年了，是該換臺新的的時候了。但是，白天媽媽工作時還沒任何問題的電腦，為什麼偏偏在晚上我偷看動畫片的時候出問題呢？真讓人想不通。

不知道是不是我敲得太用力了，突然，「啪」的一聲，電腦螢幕徹底黑了，上面什麼畫面也沒有了。

不光是電腦，頭上的電燈，院子裡的路燈，都「劈劈、啪啪」地滅掉了。

我一下子陷入到黑暗裡，早就過了遊覽的時間，故宮裡靜得嚇人。我簡直就像一頭誤闖進了深深的海底似的……

怎麼辦？我有點害怕，媽媽還在倉庫裡加班整理文物，是不會那麼快回

來的。難道就要這樣，一直坐在黑暗中嗎？

就在這時候，耳邊卻響起一個有些耳熟的聲音。

「哎，真討厭！正看到精彩的地方呢！」

我吃了一驚，轉頭去看。玻璃窗外，一個人正像鐘擺一樣地倒掛在屋簷上，眼睛裡閃著星星一樣的白光。

「誰？」

我嚇得不輕，「騰」地一下站了起來。

「喂，是我啊！」那個人從屋簷上跳了下來。

柚子一樣的月亮下，是一張猴子的臉。這不是屋簷上排在最後一個的怪獸行什嗎？就是那個仙人想和他換位置，他卻用閃電劈仙人的暴躁脾氣怪獸。他背後有一對巨大的翅膀，眼睛很圓，嘴闊大，一笑，有兩顆尖尖的白牙生在兩邊，一副很天真的樣子。

「真少見……」

整個故宮裡，只有太和殿的屋頂上有行什，所以除了太和殿，他很少去其他地方。

「進來坐坐吧！」我像招呼老朋友一樣地招呼他。

行什手裡拿著金剛杵，邁著一對老鷹一樣的腳，走了進來。進了屋子，行什不時環視房間。他稀奇地張望著椅子、桌子和檯燈。弄得我像接待客人的女主人一樣，有點緊張。

「是不是太亂了？」我提心吊膽地說。

行什一聳肩，慌忙地說，「不，不，挺好。我只是從來沒這麼近的見過這些東西。」

我放下心來。

「你怎麼會離開太和殿來這裡？」我問。

行什吸了一口氣，回答道：「因為聽到動畫片的聲音。剛才妳放的是《冰雪奇緣》吧？我早就聽說了，卻一直沒機會看。今天好不容易有機會看，沒想到躲在窗戶外看到一半，就停電了。」

行什的樣子看起來比我還要遺憾。

「原來是停電了。」

我點點頭，怪不得連院子裡的燈都不亮了呢！

「整個故宮都停電了嗎？」

「只有這個院子停電。從房頂上看過去，其他院子的燈還都亮著呢！可能是這裡的電閘壞了。」

聽起來行什懂的還真不少。

「真可惜啊！我也正看得上癮呢！」我搖著頭，「不知道什麼時候才能把電閘修好。」

「那要等到什麼時候啊？要不，我們自己給電腦發電好了。」行什熱心地說。

自己發電？我奇怪地看著他，虧他想得出來。

行什的眼睛閃亮亮的。

「試試看怎麼樣？我來給電腦發電。」

「你？」

「對，別忘了我可是雷公啊！」

說完，他又小聲說道，「不過發電的事情可要保密啊！萬一被別人知道了，都來找我幫忙就糟了。」

「你真的可以嗎？」

雖然我知道，閃電裡蘊含巨大的電力，但是發電這樣的事情，真的這麼簡單嗎？

行什拍拍胸脯。「沒問題，交給我好了。」

說完，他站了起來，對準了牆上電源插座的位置，舉起手裡的金剛杵，使足了勁，大喊一聲：「喝！」

一道耀眼的白色閃電一下子劈中了電源插座，一時間火星四濺。電腦也「砰」地一聲亮了起來，難道真的成功了？我睜大眼睛。

僅僅亮了一秒鐘，電腦螢幕就又「呼」地黑了下來，沒有了動靜。閃電也消失了。

「怎麼又黑了？」

我著急地問，眼看就要成功了。

「這……好像不大管用。」

行什撓了撓後腦勺。

突然，旁邊的院子熱鬧起來，那是院長伯伯的院子。今天晚上，正好有一群叔叔阿姨在那裡開會。

「怎麼突然停電了？」

「是啊，突然一下就黑了。電路出問題了吧！」

「找值班的電工看看吧！」

「真糟糕，剛才電腦裡的資料好像還沒有存。」

我有點困惑地望著行什。

「怎麼旁邊的院子也停電了？」

行什不好意思地耷拉下腦袋。

「可能，剛才的閃電把電路燒壞了吧！」

「那整個故宮都停電了？」

「如果電路燒壞了的話，應該是。」

行什紅著臉，像個做錯了事的孩子。

原來是這樣啊！我就說發電可不是那麼簡單的事情。

「你也沒想到會這樣吧？下次可不要這樣了。」我端起架子。

「絕不會有第二次。妳一定要幫我保密啊！尤其是不能讓梨花知道，那隻貓要是知道，一定會把這件事寫到《故宮怪獸談》上，我就沒臉見人了。」行什懇求道。

「放心吧！我不會說出去的。」我保證。

不過這麼一個人待在黑漆漆的故宮裡，我還真有點害怕。

「你能不能待在這裡一直等到電路修好，或者我媽媽回來。」我問行什。

「沒問題，只要妳不說出去，什麼條件我都答應。」

行什放心地坐到我旁邊，表情也輕鬆起來。

「剛才的動畫片真好看啊！艾莎的冰雪魔法，讓我想起了很久以前的一個朋友，她叫霜娥，住在青女峰。她會降霜、灑雪的魔法，人也善良。」

「那她現在在哪呢？」

「不知道啊！自從上次她說要去月亮上看望她哥哥吳剛，我已經一千多年沒見到她了。」

他一邊晃著腿一邊說，那樣子就像個和我年齡差不多的少年。

「行什也是個動畫迷啊！」

「我的夢想就是把迪士尼的動畫片全部都看完。」他回答。

「只是迪士尼的嗎？」

「除了迪士尼的動畫片，還喜歡《雷神》電影。要是有機會，能去迪士尼樂園轉一轉，去好萊塢看看雷神的拍攝地，那就沒什麼遺憾的了。」

每個怪獸心中都有一個小小的夢想呢，我心裡想。天馬是開計程車，斗牛是去動物園，鳳凰喜歡連續劇……行什的夢想居然是看迪士尼的動畫片。都是些可愛的怪獸！

「因為你自己是雷公，才喜歡《雷神》的電影嗎？」

行什往後面仰了仰，靠到自己的翅膀上。

「幾千年來，我一直不明白自己是怎麼來的。但是在看過《雷神》後，我就明白了。」

《雷神》？對我這種連《變形金剛》電影都沒看過的女孩來說，簡直太陌生了。

「難道你和美國的雷神是同一個人？」我猜測。

「不，他長得比我英俊多了。」他搖著頭，「但是這部影片給我了一個啟示，我應該是外星人。」

「外星人？」我張大嘴巴。

他嘆了口氣，點點頭。

「我查過我出生的資料。幾乎所有古代的書裡，都說我是從一個大蛋裡孵出來的。我想那應該不是蛋，而是一架橢圓形的太空船。」

「太空船？難道你還記得自己在外太空的事？」

「不記得。」他搖搖頭，「我只是覺得，我不是一般的怪獸。其他的怪獸，從來沒有人記載他們是怎麼出現的。只有我，無論是《山海經》，還是《搜神記》，都說我是蛋裡孵出來的。這難道不奇怪嗎？」

我想了想。

「也沒什麼奇怪的，說不定你是和恐龍差不多的怪獸。」

恐龍不都是從蛋裡孵出來的嗎？

「恐龍不會製造雷電。」行什舉起手裡的金剛杵，「我可是有超能力的啊！」

我點點頭。長著猴子臉、鳥的翅膀、鷹的爪子，還能製造雷電的行什，說不定真的和超人一樣，是坐著橢圓形太空船，逃離到地球的外星人。

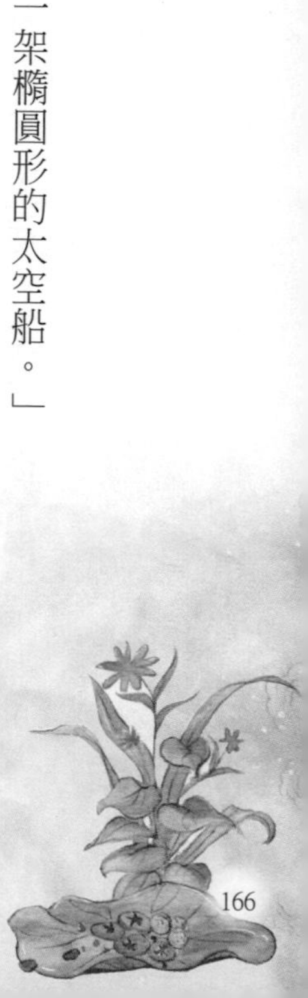

「要是能找到當年的蛋殼就好了，這樣就知道那是不是太空船了。」

行什嘆了口氣。

「你出生時的蛋殼留下來了嗎？」

「嗯，傳說是掉在雷州，被那裡的人撿走了，還供了起來。後來，撿到蛋殼的人家都成了名門望族。」

「你還真做了不少研究呢！」

「我最近要去雷州跑一趟。」

行什像是下了很大的決心，用力地點著頭。

「雷州？很遠吧？」

我有點擔心地看著他。

「不遠，不遠，揮動一下翅膀，一下子就能到了。」

「啪！」頭頂上的電燈突然亮了，白晃晃的燈光真刺眼啊！緊接著，電腦螢幕、院子裡的路燈也都亮了起來。

電來了！

行什站起來，拍拍身上的羽毛。「再見吧！」

「嗯，希望你能在雷州找到蛋殼。」我替他加油著。

「看我的吧！」

告別後，行什走出屋子，張開大大的翅膀，「嗖」地飛上天空，一下子就不見了。

第二天，我剛剛放學走進媽媽的辦公室，就看到裡面擠滿了人，鬧哄哄地亂成一團。

「太和殿出小偷了，屋簷上的行什不見了。」媽媽一臉焦急地說，「媽媽這裡要開會，妳隨便去什麼地方轉轉吧！」

行什不見了？我納悶了，昨天晚上還和他聊到半夜，怎麼今天就不見

了？難道，他已經出發去雷州了麼？

放下書包，我一路不停地向貞順門跑去，吃晚飯的時候去那裡找野貓梨花，一定能找到。

果然，梨花已經在飯盆前面等我了，看見我跑過來，親暱地用頭蹭我的腿。我把貓罐頭倒到飯盆裡，今天特意買的是梨花最喜歡的海鮮味。

「聽說太和殿的行什不見了？」我小心翼翼地問。

「天還沒亮就看見他飛走了。喵。」

果然是這樣，行什真是隻急性子的怪獸。

「幹嘛這麼著急呢……」我自言自語地說出了聲。

梨花一下子從飯盆裡抬起頭。

「妳不會知道他去哪了吧？喵。」

我趕緊搖著手，差點說漏了，我可是答應幫行什保密的。

「我怎麼會知道？我是聽媽媽說的。」

「故宮裡亂糟糟的吧？喵。」

「可不是，所有的安保人員和工作人員都在開會，都懷疑行什是被人偷走的。」

梨花點點頭。

「是啊，誰會想到一個雕塑會自己飛走呢？這下，行什不知道要闖出什麼禍來。喵。」

晚上，媽媽一直忙到深夜。她和負責安保的叔叔，帶著警犬一直在太和殿附近尋找線索。

到了第三天，連員警都出動了。

「行什不會就這麼逃跑了吧？」一直站在行什前面的斗牛懷疑，「真是個沒義氣的傢伙，出遠門也不說一聲。我和他可是做了幾百年鄰居了。」

「也許，是有什麼特別急的事情吧……」我有點心虛地說。

知道行什去哪兒的，可只有我一個人而已。

「他那個急性子，什麼時候能改改啊！真讓人擔心。」斗牛嘆了口氣。

「龍已經發了指令，讓各地的神獸都一起尋找行什。」

「啊！連龍都驚動了。」

「當然，每個神獸都有自己的職責，怎麼能擅離職守呢？」

聽斗牛這麼一說，我更擔心了。

然而第四天，消失了幾天的行什，又突然好好地站在了太和殿的屋簷上。

「會不會是小偷因為害怕又偷偷送回來了？」

「怎麼會有這麼厲害的小偷？偷走的時候沒人看見，放回來的時候，還能不被抓住。」

「是啊，而且太和殿那麼高，他是怎麼爬上去的呢？」

「警衛系統都沒有響。監視器裡，什麼也沒錄下來。」

「會不會是靈異事件啊……」

故宮裡的叔叔、阿姨們胡亂猜測著，卻沒人能明白到底發生了什麼。

只有我鬆了一口氣。

吃過晚飯，我在英華殿找到野貓梨花。她正在茂密的菩提樹下打滾，這時候的她就像一隻普通的貓。

「喂！妳看見行什了嗎？」

「他啊，這會兒應該在雨花閣吧！喵。」梨花一咕嚕爬起來，用極小、極小的聲音說，「聽說，他跑回雷州老家玩了。還帶了土產回來。」

「哦？」

「不過龍發火了。罰他在雨花閣的屋頂上拔雜草呢！」

我一口氣跑到雨花閣，月亮的影子下，遠遠的就能看見行什忙碌的身影。

「嘿！」我對著他招手。

看見我，行什張開翅膀，大鳥一樣地從屋頂上飛了下來，巨大的翅膀遮住了我眼前的月亮。

「怎麼樣？這次有收穫嗎？」

他剛剛落下，我就追上去問。

「那個啊，蛋殼倒是找到了一小片。」行什不慌不忙地說，「但怎麼看，都是比雞蛋殼更厚一些的蛋殼而已，不是金屬，也不像什麼特殊材料。」

聽起來還真有點讓人失望。我微微嘆了一口氣。

「那片蛋殼被那家人寶貝似的一代、一代地傳下來的。聽說，拿到蛋殼的那年，他們家的祖先就出乎意料地做了官。家境也一下子好起來。所以，它一直被當作神物，每年都要拿出來祭拜。」行什說，「不過，因為時間過了太久了，家裡無論是誰也說不清當時撿到蛋殼的場景了。」

「所以，」行什突然加重了語氣，「我在想，他們會不會把鴕鳥蛋，或是其他鳥類的殼，誤當作是我的殼了呢？」

「你的意思是……」我睜大眼睛看著他，魯莽的行什不會又有什麼新主意了吧？

「電影裡，美國的雷神是在紐約降臨的……」

「你不會想偷跑到紐約去吧？」

「我正有這個想法。」

「天啊！」我大叫一聲。

他難道還想引起更大的麻煩嗎？這次，說什麼我也要攔住這個魯莽的雷公！

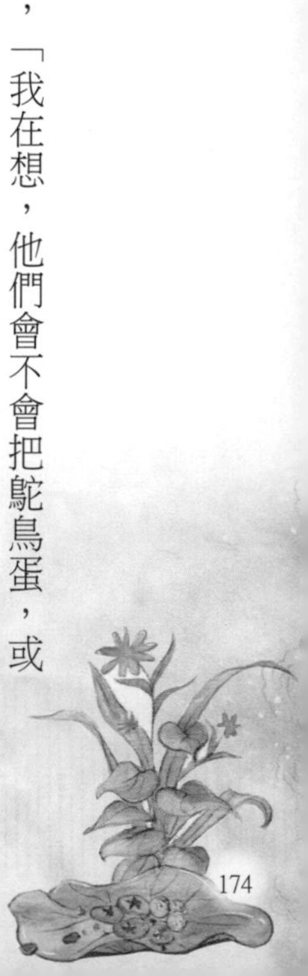

玖 金水河的地下宮殿

我早就聽說過那座神祕的宮殿，卻從沒聽說有誰進去過。它可是故宮裡唯一一座從來沒有人進去過的宮殿。

進入故宮工作的人，不出三個月就會聽說，在金水河的河水下面，隱藏著一座地下宮殿。那裡面堆滿皇帝從各處收集來的珍寶。但是沒人知道宮殿的入口在哪裡。

於是，對於金水河下的地下宮殿，大多數人也只把它當作傳說而已。故宮裡的傳說太多了，誰也不會太在意這一個。

所以，我怎麼也沒想到，那個夜深人靜的夜晚，怪獸斗牛居然會拜託我去地下宮殿走一趟。

「你說什麼？」

我一下子把窗戶開得很大。剛才斗牛來敲媽媽辦公室的窗戶時，我還以為是颱風的聲音呢！

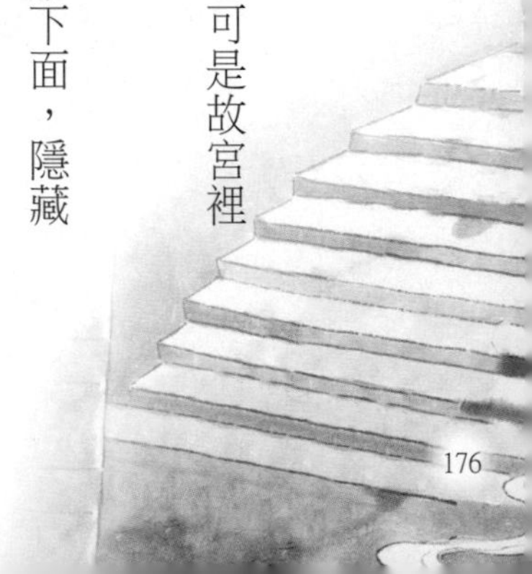

「能不能請妳去地下宮殿看一看？」斗牛站在窗外，皺著眉頭。

「你是說金水河下的那個嗎？真的有那種地方？」

「是啊！而且最近好像有人進去過了。」斗牛嘆著氣說，「唉！都是因為封住入口的石頭不知道什麼時候裂開了。地下宮殿可不是誰都能去的地方啊！」

「是誰呢？」我把下巴放在窗框上。

「不知道，守門的獅子說聽到裡面有動靜，卻沒看見誰進去。」

「那他為什麼不進去看看？」

「對怪獸們來說，地下宮殿是不能進去的地方，是禁地。」

「我進去就沒事嗎？」

「就是因為人類和動物是可以進去的，才會不時有人和動物闖進去。然後，就再也出不來了。」斗牛的聲音越來越小。

「出不來了？」我被嚇了一跳。

「是啊，因為這些闖進去的人和動物都不知道，在地下宮殿裡是千萬不能發出聲音的，發出聲音後，就再也走不出來了。」斗牛眨著眼睛，「所以，妳進去的時候一定不要出聲，如果看到有什麼動物和人睡著了，就推醒他們，救他們出來。」

「竟會有這種事……」

「的確有點危險，不過想到有人或動物正被困在那裡，多少還是有些不忍心。」斗牛說，「妳是個勇敢的女孩，我相信妳一定能把他們救出來。」

我點點頭，雖然聽起來有點嚇人，但是我願意去試試。堆滿珍寶的地下宮殿和迷失在裡面的人或動物，讓我覺得在那黑暗的、深深的地下，好像藏著夢幻與冒險似的。

我跟著斗牛來到金水河邊，身上還穿著熄燈前換上的睡衣。夏夜的風溫

暖，帶著花草的香氣，金水河上映著清澈的月光。

我們沿著石橋邊的樓梯，下到石橋下面。一叢茂密的蒿草後有一塊窄窄的地方，遠看像黑色的髒跡，走進才發現，那是一個四方形的小洞，裡面有一條通往地下的窄窄的樓梯，黑漆漆的。

我無法想像，如果走下去，會走到一個什麼樣的地方。

「就是這裡了。」斗牛輕聲說。「下去以後，千萬不要出聲啊！一定要安全返回。」

我點點頭，小心翼翼地在樓梯上邁了兩步。樓梯下漆黑一片，瀰漫著一股淡淡的霉味。

「看起來很深啊！」我一邊說，一邊又往下走了幾步。

斗牛在外面鼓勵我：「只有一個彎，轉過彎妳就會看到門了。」

果然，在下了二十四級臺階後，樓梯在一個小平臺處改變了方向。又下了二十四級臺階後，我的手就已經能觸碰到一扇木頭大門了。

大門沒上鎖，它和故宮大部分宮門一樣，有圓鼓鼓的門釘。我輕輕推開門，黑暗的深處倏地一亮，裡面是一片不可思議的金色。那亮光，究竟是珍寶們的反光呢？還是怒放的桂花泛出的微光呢？

轉眼之間，我的心中就充滿了一股闖入未知世界的喜悅。

我大步走進地下宮殿，迫不及待地想看看地下宮殿裡都裝著些什麼。可是，空曠的宮殿裡什麼也沒有，沒有巨大的倉庫，沒有珍奇異寶，沒有金黃的桂花……

這裡只有金色的牆壁，鋪滿金磚的地面、裹著金箔的柱子和幾根燃燒著的金色蠟燭。這是一座空的宮殿。

當年故宮的建造者，為什麼要選這麼一個地方，修建了這麼一個空間呢？還是原本藏在這裡的珍寶都被偷走了呢？我有點納悶。

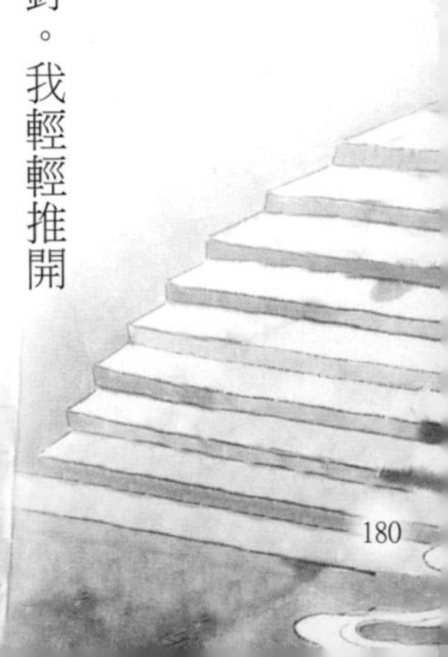

沒有看到傳說中的珍寶，我有些失望。但是我很快就想起自己的任務，於是悄悄地搜尋起闖入者來。

一片黑色的羽毛從上面飄落。我抬起頭，看見一隻黑色的鴿子站在宮殿的房樑上，沉沉地睡著，呼吸時，黑色的肚皮一起伏。

啊！那不是小二黑嗎？他怎麼跑到地下宮殿來了？

不能睡呀，小二黑！如果這樣睡下去，就再也見不到宮殿外的藍天了。

可是，他所在的地方太高了，無論我怎麼跳，都夠不到。

「快醒醒！」我實在急得不得了，輕聲叫了出來。

那是極輕、極輕的聲音，但好像還是被什麼耳朵特別敏銳的東西聽到了。身邊的金色的牆壁、地板、柱子都好像等不及了一樣，開始發出不同的聲音。

「咚、咚、咚……」

我聽到了搬石頭、木頭的聲音，「嘿喲嘿喲」的號子聲，馬車的車輪發出的「吱呀吱呀」的響聲；遠遠地，有人在叫「楊青」的名字，並伴隨著瓦礫碰撞的聲音……

我突然想起媽媽講過的建造故宮的故事，裡面就有一個叫楊青的瓦工，因為工作表現好，還被皇帝封了官。難道，這個聲音就是幾百年前建造故宮時的聲音？

我被這突如其來的想法嚇住了，倒吸了一口冷氣，往後退了幾步。

可是就在這一瞬間，耳邊的聲音已經變了。

嘈雜的聲音變成了響亮的「劈啪」的聲音。我一下子就辨別出來了，這是皇帝登上皇位的時候，太監們用皮鞭抽打地面的聲音。

這到底是怎麼回事？這些聲音都是從哪裡發出來的呢？我一下子蹲到地上。

聲音又變了，像突然換了頻道的收音機，響亮的皮鞭聲變成了女孩們動

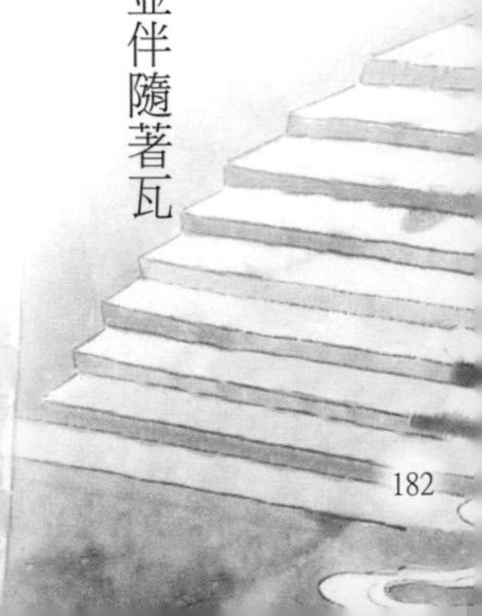

聽的歌聲：

「一九至二九，樹頭清風舞；六九五十四，乘涼勿太遲；七九六十三，夜眠莫蓋單；八九七十二，當心受風寒；九九八十一，家家找棉衣。」

啊！這是宮女們坐在水塘邊唱《九九歌》呢！這首歌可真好聽，不知不覺中，地下宮殿裡的歌聲就變成了悠揚悅耳的輪唱。

我抱住膝蓋，聽著聽著，就睏得不行了。地下宮殿裡既不冷也不熱，比在媽媽的辦公室還舒服，真想就在這裡睡上一覺啊！到了明天，我再想辦法叫醒小二黑一起逃出去……我慢慢地閉上了眼睛。

驀然，我想起一件事來：不能睡覺！

我睜開眼睛，「噌」地站了起來。如果睡著了，就會和小二黑一樣，再也出不去了吧？小二黑應該也是因為聽這些聲音聽累了才睡著的，結果就怎麼也醒不了了。

耳邊的歌聲消失了，取代它的是風聲、炮聲和馬蹄聲。這是那一年天理教的士兵闖進了故宮吧？至今，仍有半根鐵箭留在隆宗門的匾牌上。

我實在是聽得太累了，眼睛忍不住要閉上。這種時候如果能喝上一杯咖啡，再有人拍拍肩膀，可能睡意就會跑了。可是現在，沒有咖啡，也沒有人拍我的肩膀。因為這裡除了我，只有還在熟睡的鴿子小二黑。

不行！我要做點什麼，但能做什麼呢？有了，我也唱歌好了。反正，她們已經聽見了我的聲音，不如就趁著還有力氣的時候，和她們對著唱好了！

「來散步，來散步，神清氣爽。我喜歡散步，所以出發吧！山坡，隧道，草地，獨木橋，還有坑坑窪窪的石子路……我們一起到森林探險去。這麼多好朋友真高興！」

我大聲唱著歡愉的歌，心情也跟著舒暢起來。因為自己的聲音很大，我漸漸聽不到那些稀奇古怪的聲音了。

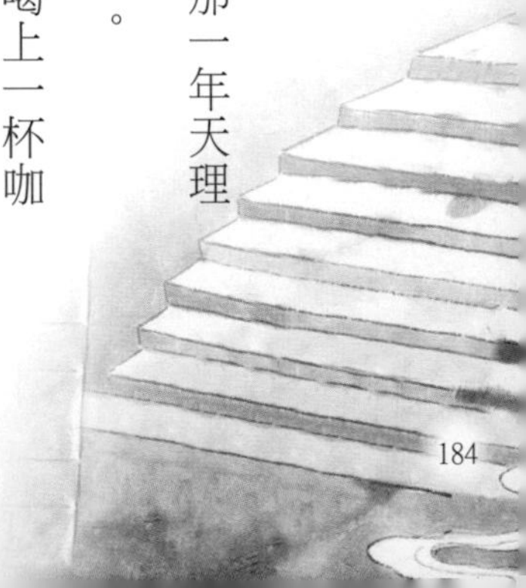

就在這時候，我頭頂上的小二黑把頭從翅膀裡伸了出來，他被我的歌聲吵醒了！小二黑搧了搧翅膀，飛到我的肩膀上。

這下，我更來勁了。我抱著小二黑站起來，用最大的聲音唱：

「狐狸和狸貓出來吧！我們一起到森林探險去。這麼多好朋友真高興！」

沒想到，地下宮殿的門突然重新打開了，月光從門縫裡射了進來。地下宮殿立刻放射出了金色的光。

月光照亮的地板上，一隻白貓無聲無息地跑了進來。啊！是梨花！她的身後還跟著小藍眼、大黃……我的朋友們來救我了！

梨花跑到我前面，一下豎直了尾巴，目光灼灼地望向我。瞧呀，那是多麼忠實的光芒啊！

梨花帶著野貓們跑了起來，我在他們後面緊緊追隨。

在不停變換的聲音中，我和野貓們箭一樣地飛奔。只要逃出地下宮殿的

門就沒事了！

我們一口氣跑出地下宮殿，又不知道爬了多少黑暗的樓梯，腳都不聽使喚了，好幾次都差一點摔倒，卻仍然拼了命地往上爬。

等回過神的時候，我已經抱著小二黑站到了金水橋上。路邊的燈光有點刺眼，斗牛正擔心地看著我們。

「發生什麼事情了？我等了很久妳都沒有出來，所以才去找了梨花他們幫忙。」

「嗚……那下面，地下宮殿，是記錄聲音的宮殿啊！」我語無倫次地回答。

「聲音？」

我點點頭：「是啊！只要你發出聲音，那裡面就會源源不斷地發出聲音。而且都是很久以前的聲音，建造故宮時的聲音、皇帝登基的聲音、宮女們唱歌的聲音……總之，這些聲音都被它記錄了下來。等你聽多了，聽累了，就會睡著，然後就再也醒不了，也走不出去了。」

「怪不得以前只有皇帝的巫師才可以進去呢！」

「小二黑一定是不小心闖進去的。」我撫摸著小二黑的羽毛，他一定也嚇壞了。

「地下宮殿的入口，我一定會封好，不會再讓人闖進去了。」斗牛認真地說。

天快亮的時候，我回到了媽媽的辦公室。加班到很晚的媽媽還在小床上熟睡著，我擠到她身邊，緊緊地摟住她。以後，真的再也不想亂跑了。

拾 洞光寶石的秘密

就那麼一跳、一跳地走，它就蹦出來了。

是那個小小的寶石耳環，自從撿到它，我就用一根細細的紅繩把它串上，當作護身符，掛到了脖子上。我怕一不小心把它放到抽屜裡，就那麼消失了。

就是因為它，我可以聽懂動物們與怪獸們的對話；就是因為它，我碰到了越來越多不可思議的事情。我一定要保護好它。

寶石越來越漂亮，宛如清澈的海水，閃閃發光。什麼地方的珠寶店才會有這麼美麗的寶石呢？把它輕輕地貼到胸前，好像就有什麼魔力進入到我的身體。

我正看得入迷，身後突然傳來一個低沉的聲音。

「那可不是一般的東西！」

我回頭一看，就在身後的樹下，一匹黑色的大馬正神氣地站在那裡。他比普通的馬要大兩三倍，身上披的不是皮毛，而是黑色的魚鱗，上面有海浪

般的藍色花紋。

咦？這不是怪獸海馬嗎？故宮的大怪獸裡，就屬他最有學問的。誰都知道，他是故宮裡那些寶貴瓷器和字畫的守護神，也只有他知道那些東西的故事。

「難道，這是你掉的？」雖然這樣問，我卻把寶石耳環緊緊攥進了手心裡。

「妳看我的耳朵能戴這種東西嗎？」海馬晃悠著自己那對長長的耳朵，「這可不是怪獸們會有的東西。」

我鬆了一口氣，但仍然不放心地問：「那你知道這耳環是誰的嗎？」

「這個啊，以前應該是屬於巫師的吧！」海馬一邊說，一邊慢悠悠地向御花園的方向走去，「那上面的寶石可不是一般的寶石，那是洞光寶石，在太陽下能散發出七種顏色的光芒。人戴上它，就能聽懂所有動物、神仙、怪獸的話，而神仙和精靈被它的七彩光芒照射到，也就不能隱身了。」

「這麼厲害啊！」我深吸了一口氣。

「所以啊，這種寶石一直以來都被皇帝的巫師保管。巫師會用它與神明對話，預知未來。無論在哪裡發現了這種寶石，當地人都必須立刻送到皇宮裡。」

可是，現在沒有皇帝也沒有巫師了啊！這耳環到底是誰掉的呢？

雖然心裡好奇，我卻沒問出口。對現在的我來說，無論這耳環是誰掉的，我都不願意還回去。即便知道這樣做不對，我也不願意把它交給別人。

我一邊擺弄著寶石耳環，一邊跟著海馬走進御花園。

「你說，被它七彩光芒照射到的話，精靈和神仙就不能隱身，這是真的嗎？我為什麼從來沒見過呢？」

海馬溫和的眼睛看了看耳環，說道：「那是因為妳總把它藏在衣服裡面

吧？來，妳現在把它對準陽光，對！就這樣，不要動。」

我按照他說的，用兩根手指夾著耳環，對準了太陽。於是，怎樣了呢？剛才還透明的空氣裡，已經掛起了一道小小的彩虹。

彩虹裡，十幾個金光閃閃的、搧動著透明翅膀的小精靈們正在空中飛舞，他們之中最大的也不過跟蜻蜓一樣大，小的還沒有瓢蟲大。

「這是……」我睜大了眼睛。

「這些都是陽光精靈啊！」海馬說，「雖然平時我們看不到他們，但有陽光的地方就會有他們。」

哈！真有趣！

我動了動手指，把寶石改變了位置，彩虹也跟著變換了方向。

「那是……那是什麼？」

我的眼睛緊緊盯著彩虹前方，目不轉睛。說實話，我看了好幾秒，才相信他們真的就在我面前。

那是兩個人，一個男人和一個女人。他們都非常年輕，長得漂亮極了。男人穿著白色衣服，披著透明的披風。女人穿著粉紅色的長裙，繫著粉紅色的腰帶，頭上帶著粉色的花飾，都是仙子一樣的人。

幾乎同時，他們的聲音也飄進了我的耳朵。

男人說：「美麗的芙蓉花神，跟我走吧！我帶妳到美麗的西方去。那裡有金色的沙漠，有晶瑩的冰雪，都是妳從未見過的景象。芙蓉花神啊，跟我一起飛翔，飛到西方去吧！」

他這樣柔聲柔氣地勸說，芙蓉花神卻生氣了。

她皺起眉毛：「可惡的風神，你總是這樣無禮——春天的時候，吹掉人們的帽子，吹斷風箏的絲線；夏天的時候，吹來雨雲，讓樹木都風雨飄搖；秋天的時候，吹起塵土，掀起海浪；冬天的時候，吹落樹葉和果實，讓一切

都陷入死亡。我的姐妹們都受到你的傷害，花朵紛紛落地，沾滿泥土，變成人們的地毯。花瓣被你吹得到處翻飛，落到骯髒的地方。花草的嫩芽都被你毀壞。你最好早點離開，要不然我將與你決鬥。」

風神聽了，卻並不生氣，還「哈哈哈」地大笑起來。

「芙蓉花神，我看妳美麗動人，怎麼說起話來卻這樣的傷人？我讓妳香飄萬里，讓妳在風中搖曳。妳居然還要與我決鬥？我倒要讓妳看看我的厲害。」

突然，彩虹中風神的影子消失了。與此同時，一陣猛烈的西風吹起，本來靜靜的、連一絲微波也沒有的芙蓉花田裡，這會兒卻晃來晃去，像喝醉了似的搖晃起來了。

「風神發威了！」海馬小聲說，「芙蓉花要遭殃了。」

西風越吹越猛，連我都站不住了。芙蓉花的花瓣如雪般的被夾在風中，飄飄落落。很快，綠色的草地裡、花圃裡、柏樹下就都鋪滿了厚厚的花瓣。眼看著那些剛才還盛開的花朵，現在都已經無精打采了。

我開始著急了：「這樣下去芙蓉花都被吹壞了。」

醞釀了一年的力氣好不容易才盛開的芙蓉花，就這樣凋謝的話，太可惜了。

「是啊，風神有點太過份了！」連海馬也這樣說。

「我們要想想辦法啊……」

有什麼辦法呢？關上御花園的大門嗎？那樣風也能鑽進來。要是有什麼東西能擋在芙蓉花的前面就好了。

找什麼東西合適呢？我看看身邊的海馬，一下子有了主意：讓巨大的海馬蹲在花圃前面，一定能幫助芙蓉花擋住風。

「海馬，海馬，你快蹲到這裡！」

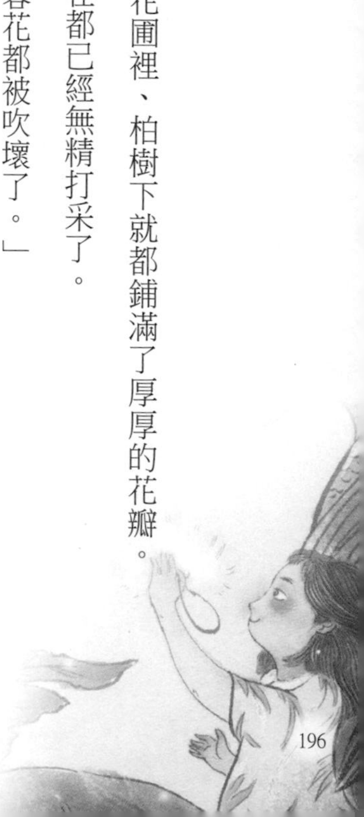

「什麼？」

「蹲到這裡，幫芙蓉花擋風啊！」

海馬很快就明白了，他二話不說，巨大的身軀一下子橫在花圃的前面。這樣一來，無論西風颳得多麼大，多麼呼呼作響，花圃裡的芙蓉花都能一動也不動了。

剛才還被狂風吹得亂搖的芙蓉花們，在海馬巨大的身體後面，平靜了許多。

不知道西風又颳了多久，連松樹的樹枝都被它折斷了，風才漸漸小了起來。看來風神也有吹累了的時候啊！

又過了一陣，連一絲微風都沒有了，海馬才從花圃前面站起來。

「真是謝謝你們。」一個甜甜的，還帶著花香的聲音，突然就在耳邊響起了。

我轉過身，看見美麗的芙蓉花神不知什麼時候已經站在我們身邊。她的頭髮有些亂，頭上的粉色花飾被風吹掉了，連鞋子都丟了一隻。

「多虧你們的幫助，否則，我今天真的要被風神吹到冰冷的西部去了。」

「那如果他明天還來呢？」我有點替她擔心。

芙蓉花神搖搖頭：「不會的，這陣西風已經颳到西部去了，明天起就要颳北風了。」

我這才鬆了一口氣。

「這個請你們收下吧！」

不知道什麼時候，芙蓉花神手裡面多了兩頂粉紅色的帽子。這是用芙蓉花瓣做的帽子，顏色是那種朝霞般的顏色，沒有帽簷，樣式也十分簡單，但卻散發出好聞的香氣，那是芙蓉花的氣味啊！

我戴上帽子，心情突然就變了。芙蓉花的清香就像流淌出來的華爾茲舞

曲，讓我愉快地想跳舞。

「你也戴上吧！真是一頂很棒的帽子呢！」我把另一頂帽子遞給海馬。

海馬想了想，也把帽子戴到頭上。戴上花帽子的海馬，看起來簡直就像雜技團的馬了。

隨後我們告別了花神，離開了御花園。

只可惜，芙蓉花的帽子一個星期後就枯萎了。幸好，我的洞光寶石耳環還掛在我的脖子上，緊緊貼在我的胸口，沒有消失。

國家圖書館出版品預行編目（CIP）資料

故宮裡的大怪獸 1：洞光寶石的秘密 / 常怡著； 么么鹿繪 .
-- 第一版 . -- 臺北市 ： 樂果文化出版 ： 紅螞蟻圖書發行 ,
2019.04
面 ； 公分 . --（ 小樂果 ； 11）
ISBN 978-986-97481-0-0(平裝)

859.6 108001446

小樂果 11

故宮裡的大怪獸 1：洞光寶石的秘密

作　　者 ／ 常怡
繪 圖 者 ／ 么么鹿
總 編 輯 ／ 何南輝
行銷企劃 ／ 黃文秀
封面設計 ／ 引子設計
內頁設計 ／ 沙海潛行

出　　版 ／ 樂果文化事業有限公司
讀者服務專線 ／ （ 02 ） 2795-3656
劃撥帳號 ／ 50118837 號 樂果文化事業有限公司
印 刷 廠 ／ 卡樂彩色製版印刷有限公司
總 經 銷 ／ 紅螞蟻圖書有限公司
地　　址 ／ 台北市內湖區舊宗路二段 121 巷 19 號（ 紅螞蟻資訊大樓 ）
電話 ： （ 02 ） 2795-3656
傳眞 ： （ 02 ） 2795-4100

2019 年 4 月第一版 定價／ 250 元 ISBN 978-986-97481-0-0
※ 本書如有缺頁、破損、裝訂錯誤，請寄回本公司調換。